佃学
Tsukuda Manabu
全作品
一

田畑書店

新婚旅行で巡った山陰にて（1970年）

佃学 全作品 第一巻 目次

不眠の草稿　67

詩と献身　143

Ⅲ

寒蟬鳴尽

佃 学 全作品 第一巻

装　丁　菊地信義

ネワァーン・ネウェイン洗脳塔

一九九四年　砂子屋書房刊

1

夜が明けるまで

この道はスズメが多い
明るんでいる東のほうにも
暮れなずむ西の空にも
歳月人を待たず
ぴぇーい!
脳髄の下藪には
地蜂の仲間が巣ごもっている
いない皿洗いや食えないナツメロ
目減りした太平洋の波濤がソファーの暗がりまで
先祖霊のようにしのびよっているので

額縁のなかでいつも喘いでいる赤チン
井戸の向こうの奇々怪々
なにもしらないもぐら道
帰るに帰れない季節というものがある
行くに行けない季節というものもある
ノッペラボーがうしろでゆれている
だがこの影日向が何かわからない
だれでもない催眠術が
律儀に驚異をはこんでくるのだ
幼い精神の犬殺し
毛虫のことをヒゲムシといった
僻病院はヒキビョウインであり
ゆめみる心をシンケとののしる
習慣にも悲しい序列があって
末路や悪路が見えかくれした
まちがっても思い出したくないくさぐさ
いきぎれしたまま打ち切ったかたち

いまは奈辺をさまよっているのか
筆先の水音が消えても
ことばの筏がまだただよっている
燃えない藺草
何度いいきかせても分からない救命具
ますますいいつのる扁桃腺
ひん曲がった悲鳴
曲がらない錠
やっぱりいつもの朴念仁をきめこむか
くたびれもうけの半分でも
口内炎を越境して
能面のように
色懺悔の夜が明けるまで

五月雨病前線

木が荒れているのは
木の心が荒れているからだ
見えない幹とかめくれない天気とか
荒れるにまかせて緑陰の
自我の脳死にたちあっている
空洞か空論か
ももんがあの地下迷宮の
白蟻もどきのナルシシスム
逃げだす月齢
げんのしょうこや原因不明の
一荒れ二荒れしている海原へ
ウツボのように
果てしない腸捻転

転じて私は
へなへなといそぐのだ
来るべき災難
汚い聴診器
身元探し・不義理なことば
首括れ・縊れる
紙一重
ということは
間一髪ということかね
祠も幟も海難事故も
なみだぐましい季節の健忘症だ
満目の驚異
神韻縹渺の歌合わせ
へんぽんと
けふもまたまとわりついてくる
禁断の小さな神々

かなくそよ
かりんとうよ神鳴りよ
ひたはしるえんぴつよ
そのきっさきのコマ割りの
悲劇的色男よ
目立たない心変わりが
覚束ない心意気が
たらい回しが洗いざらいが
極彩色の夢の債権者が
追っかけてくるのだ
ゆやーんゆよーんと
寸鉄の流れに逆らって

（ああ一夏の
　　眠れぬ夜なべも妖怪も）

だから壁掛け時計には亀裂が走る

走り疲れた私の足音みたいなものが
猛然と歳月のサヤエンドウを踏んでいる
つぶれたにごり絵のなかの
はらわたのような苗代を
先駆けしている
瞋恚をふくんで
ねじれたたわむ悉皆浄土
力まかせに
シャクヤクやキンポウゲを剽窃する
彼らの植物的希望の行方
陰々滅々のボウフラの眠り
横恋慕するミズスマシ
タガネのことは稲光にでもきいてみな

〈地獄坂〉メモ

住宅地の出入口に小さな坂があった。

袋小路の低地一帯を切り開いてできたD団地。

踏み切りの反対側から、井のなかのたそがれを一跨ぎして早や九年。

ことしもどこからかウグイスが訪れた。

夜明けにもつれた玲瓏がまだ耳朶に残っている。

五月になればカッコウも鳴く。

信じられないというかも知れぬが、本当なのだ。

——初夏。

彼方の農家の屋敷林の高処から、のどかな諧音が聞こえてくるのを耳にすると、私めもあたふたと新緑に衣替えする。

はるかな旅への、あえかな思い。

（——だが、行く当てはどこにもない）

彼らのねぐらはどこにあるのか？

ブルドーザーの殺戮は、相変わらず止まないというのに！

目に痛い歯抜け樹林、忘れられた起請文みたいな子守地蔵の暗がり。わずかに消え残った旧時代の痕跡が、彼らの浄土の出入口かもしれぬ。

その団地から私鉄の駅へ出る近道の小さな坂道を、子供たちがひそかに〈地獄坂〉と呼んでいるのを耳にした。コンクリで手荒く塗り固めてあるが、かつては雨の日なんかぬかるんでたいへんだったらしいことが想像に難くない。それとも彼ら子供たちのローラースケートの難所を意味しただけかも知れぬが。

私たちヒグラシ一家がまだこの世のものでなかった頃の、ぬかるみの連想も手伝って……。

〈陽に溶ける娘のキャンバス
雨を弾く息子のシンセサイザー
細の寝言は雲靄のなか、か〉

人の世にはぐれて
なお遠くぬかるんだ〈地獄坂〉を水のようにさまよっているひとりの男。
遠ちこちに欠けた輪郭。
暁の跳ね。……

齢五十男の唄

齢五十が歩いている
窓の向こうを路地の奥を
齢五十が揺れている
椅子の上でトイレのなかで
齢五十は忙しいのだ
失くした時計や消えた家系なぞ
考えたくもないがらくたが
いそいそと小鳥もどきにめざめを襲う

むかし馬が齢をくって
人が慌てるということがあった
貧乏君子のなれの果てか
ならぬ堪忍するが堪忍
齢五十は憂鬱である

プラットホームで立ちくらむ愛
泥だらけの行きずりの恋
白髪まじりの心がうそ寒いレールをきしらせている

齢五十は情けないのだ
いまあることもないことも
いっさいかっさいぶん投げてやりたい
レンズのなかの湖とか杏の燃える岬とか
まだ見たことのない世界の慈愛が
悲鳴のように招いているというのに
ぬきさしならぬホームコメディの端役
女房のケツをなめてたかいびき

齢五十が笑っている
健康的なあまりに健康的な
青空も青野菜も鬱陶しくて仕方ない
ああ　太く短い野望よ薬缶よ

汗まみれのせんべい布団ともども
日向臭い物干し台をすべって齢五十は
けふも黙然と犬の散歩
アルコール漬けの極楽坂の向こうへ
死んだ愛犬と夕暮れて

2

際限もなく

朝でかけるとき男は
魚のかたちをしていた
ひれがありうろこがあった
でもなにもおもいだせないのだ
かれのあばた面は洗面器のなかに残っていた
洗いかけのシャツのように
悲哀が遠くでゆれていた
地球のくしゃみ
肉欲のくしゃくしゃがいつまでも
濡れたシーツのようにまといついた

てあしのひらひら　心臓の奇妙な高鳴り

キンギョ鉢が破裂する
また男は聞いたのだ　わらじむしのようなものが
かれの人生にはりついている
へたりこんだ理性
へんこつ願望
へんな速達やヘコキバッタ
ヘリコプターがついらくする
短い生涯が
バチ当たりな駅のむこうをいそいでいる
中心を見失ったまま
背後でとつぜんヒマワリがしおれる
無数のショウウィンドウが
かれにむかって懺悔している
強引に
西日をおいこしてしまうこともある

おいこされたじぶんのこころが
日差しのむこうにいつまでものこっている
疣のように頑固に
ふてねしてるのもまたじぶんのこころだ
ちいさな太陽が回転していた
なみうちぎわがどこまでものびていた
ラベルのないビール壜がひかり
トリカブトや鳥打ち帽が
洗面器の水平線をめざしていた
未到の深み　だれもいったことのない
不案内な夜明けの深海で
遊園地のような人類愛が
こんぶのようにゆれていた
くたびれた夫婦愛まで
怒りっぽくへりくつをならべているのだ
いそいで告白する低気圧や
低周波ラジオにテントウムシ

みえないものはついにみえない
沈黙のエルニーニョ現象である
日は沈みまた昇った
津波におぼれたまま男は
黒々と蛸船のように
際限もなく沈んでいった

追善

——あるいは捨て犬と捨て猫に寄せる　capriccio

無残な胃袋の風景だ
だからいつも気が滅入るのだ
信じられないことだが
芝居っ気たっぷりの青空さえ
バナナの叩き売りに似ている
さびついた感傷がきなくさい
きのふの脱落感と一緒だ
マフラーのように紛れこんでいくのだ
喉の痛み　目の歪み
直下型の夜明けとか
スポンジやスミレ草が
外れたチェーンのように
三面記事に迷いこんでいる

みみずのあわれ　耳袋の涙
嘘八百の陰暦よ
ああ大八車よ大黒さんよ
鄙びた勧進帳のほた火のなかで
けふも私は進化論の夢に魘されている

（尺八
しゃみせん
百物語
ひぇーい　ひぇーい　ひぇい）

罪作りなベッドタウンにも
昼あんどんやアル中患者の
輪廻転生が花と散る
こそ泥の一人や二人
天竺の桜の下で騒いでいる
いなせなサクラも開店中

ブツブツよブッダガヤよ
生老病死の閃光よ
潜行する私の憤怒は
壊された自転車に執着している
官能的に執着している
紙魚はシバンムシ科
の昆虫の幼虫だとか
御託の一つや二つは並べて
ピカソの色情のような窓辺で
三角形に内在する夏の日の祟りを信じているのだ
旱魃の夕焼けにも
私の知らない生霊の一匹や二匹
いつもの時刻にはかならず
カンダタのごとくさまよっているはずだ

サンクチュアリ破産

（……ブラウン管にまたヒキガエルが一匹まぎれこんでいる）。ネクタイ・ピンが腐りはじめる。（イワシの骨が、ひっく、ひっく）遠くで小鳥が騒いでいる。たそがれが（喉につかえて、ひっく）一目散に落ちてくる。どんづまりの〔なめし革のような〕空白。彼のふくれっ面、つぶれた頰髭。こすっからしい思春期のイメージだ（それは彼ではなく気のふれた従妹の消息かもしれない）。不案内な出奔。不案内な恋文。行方知れない夜明け。声を失くして彼はいま納屋の階段を降りてくるところだ。古簞笥の向こうで膠質の夕焼け空がユーラシア大陸のように涙を流している。ぐにゃぐにゃしたラヴ・シーン。先年、フィラリアで死んだ飼い犬のノバもいる。ノバが街並のように揺れてひょこひょこやってくる。おおそうだ、これはノバの思い出なのだ。ノバの思い出のなかで何かがくすぶっているのだ（……ドラムカンに逃げこむ従妹のおさげ髪）。雲の驚異。リモートコントロールの暴風雨。足音を消して彼女は遁走する。ハクモクレンの爆発。病気のサンザシも淋しがり屋のサルスベリも一散に逃げていく。汚れた便器。始末し忘れた肋膜炎。仕方なく彼はノバと一緒に吐瀉物を小春日の天末線へ捨てにいく。それをこっそり眺めているハイティーンの彼。彼らはじつは鳥占いに熱中してたんだよ。だから一卵性双生児のようにだれにも見えないんだ。

ただ草笛やヒバリが何度も野にこだまするようにこだましていただけなんだ（ひっく）。

【マレフィック（凶星）同士の組合せで、もっとも不運な座相といえる。この惑星が入っている宮や星座のわるい意味やマイナス面が強調されるとみてよい。精力減退、暗い性格、病気や事故、きびしい人生といった要素が強く、それを乗り越えるにはかなりの努力を必要とするだろう】

…パン屑、ヒマワリの種、ミカンの輪切りをせっせと餌台に出す。アルルカンのように愛嬌をふりまいて。だれも知らないことだった。スズメのお宿、ド鳩の常宿。シジューカラのペンション。ヒヨドリの避暑地。むろん彼の別荘ではない。別荘なんかどこにもないのだ。幼い彼が小鳥たちと一緒に餌を漁っている。ツグミ、メジロ、カワラヒワの亡霊が彼の尻をつつく。二月、三月の夜明けともなるとどこからかウグイスもまぎれこむ（麗ラカナ悲鳴）。……巣作りに熱中する鳥占いの従妹。卵生の耳朶に一点の郷愁を印して蒸発するウグイス。その行方を追って魔境に落ちている鳥刺しの彼。……白い雌猫が一匹、彼のエモノを狙っている。交尾の最中に炎をあげる幻のウグイス。ノバのムクロが天末線からじっとそれを見下ろしている。色が白くてシッポが長いのは喧嘩猫だ、という噂だ。噂をついばむ六道の小鳥たち。ムクドリ一羽、ド鳩一羽がすでにキ印猫の犠牲になっているのだ。卵を抱くド鳩の彼。茫然自失しているヒヨドリの彼。幼鳥は仏間で迷っている。ヤツデの葉陰に墜落しているのはやっぱりツグミの彼だ。眠りこけた鶏の彼もいる。百舌の彼。カマキリの彼。ハエタタキの彼。だが生き身の彼はどこにも見当らない（ひっく）。どこにもいないカワウソの彼。雌猫はシルクスクリーンの海のうえで日向ぼっこしている。クラゲの銅版画が溶けて、もしかしたら幻滅の彼は始原の羊水のなかだ。トンボやトカゲ、アミーバからタツノオトシゴまで磐石の歴史が妻の胎盤をさまよっている。バーズ・アイはいつも荒れている。ナンマイダ。スズメもシジューカラも、ヒヨドリもムクドリも、おびただしいオーム貝の死骸のようだ。ノバのムクロも野良犬たちも。前世の彼が飼っていた雑種のチャリやジョンの影絵も。彼らの遠吠えがブラウン管の放射線にさらされている。幽体離脱した幼い彼もそこにいる。四つんばいになった坊主頭のクロウズアップ。死にぞこないの青二才がこちらを睨んでいる。涎をたらしている。猫嫌いの彼は悲しい。頑固なオブセッションに憑かれている彼。小春日の奈落。小便をもらしている老残の彼もいる。救急車、サイレンの音に和してまた奇声をあげているノバのむくろ。ちぎれたノバの首輪がまだそこに転がっている（ひっく）。小心で臆病で、からっきし喧嘩に弱い変な犬だったなあ。飼い犬は主人に似るというが飼い猫はだれに似るのやら（ひっく）。もとより彼の記憶はあいまいであり、もはやグーの音もない。ナンマイダ。キンモクセイが消え、タイサンボクが蒸発し、ジンチョウゲが発狂して、硝煙けむる踏み切りをいつものように越えかねている。無数の小鳥の亡骸がそこでうずたかく楕円形をえがいている。ナンマイダ。

【たとえば悪魔を崇拝したり、邪教を信じるなどエキセントリックな傾向を示す。オカルト的なものや魔術などに強い関心を示したり狂信したりする】

（こんな文章に脅迫されているのも何とか症候群の後遺症かもしれない・あれこれ思い悩んでもどうにもならぬ事後了解というものがあって・可もなく不可もない日常を微に入り細に入ってうがつ己れをどう始末してくれようか・どこへ追放するるか・ふしあなの金壺眼のジャガイモよ・タマネギよ・エピピラフにカリフラワーよ・曰く因縁のジャングルジムが崩れて突然の災厄がムチのように襲ってくる・素人判断の航海図に割りこむゾッキ本の不可解よ・まがいものの寄せ集めのたらいまわしよ・掃き溜めよ・近代以前のカマキリカイガラムシ鎌鼬の盗っ人野郎め・わかっていてもわからなくても猫はシュンギクではないし瞬間湯沸器でもない・ワープするナンマイダ・はりぼての鳴りもの入りよ・つい身近な信号をもキャッチし損なうから結局彼は救われないのであった）

首輪は悲しい
鎖も釘抜きも悲しい

アンバランスな雨が悲しい
ノバはあいかわらずこちらを見ている
凍える月のマジック・サークルからは
（ふわふわふわ……）
小鳥の糞のようなものがしきりに降ってくる
タイムトラベルの眷属たちだ
ブラウン管の主ヒキガエルは
桃源を逐われてぺっしゃんこである
背後で炯々と光っているのは
冥界入りした猫の目だ
二転三転
暗転空転
安楽死
（ひっ！）

【　　】のなかの引用は、流智明著『占星学教本』による。

キツツキは……

――本天沼・一九九三年十月

めぐりめぐって杉並郷は
本天沼村の片隅で三カ月間暮らす羽目になった
雨が降ると遠慮会釈なく雨漏りがした
年季の入った古い平屋の借家暮しだ
八、九、十月と魅入られて
百年に一度の冷夏のビーンボールだ
アスファルトのビーンボールだ
とキツツキはふとぼやきました
猫の死骸が追いかけてくるよ
キツツキでなくても不安である
西天がまだあかるんでいるまに
早くねぐらに帰らなければ
気持ちばかりが焦るのはなんのせいか

松の木に少し血がにじんでいる
いちょうの枝葉がはみだしたはらわたのように
小公園の見えない噴水につながっている

だんだんうすぐらくなる
ピンセットが走る
小さなポストや蝶番が
茅屋暮しを笑っている
生きている円筒の証し
円筒の小天地十月のかんにん袋
癇癪おこしたまま
起き上がれない週末が
ストップモーションでおそいかかってくる
ホームシックのあれらひもじい
色褪せたアルバムの閃光だ
難解でないことに慣れるのには
だれだって時間がかかる

持病がこじれる
血ぶくれした路面がいきづまる
ひっくりかえる大根役者
キツツキはまた心配である袋のニンジンが
まいあがったままどこかに行方不明になるのが
こだま・ことだま・ひとだま・が・また・ひとつ
お稲荷さんのくらがりへ飛んでいく
だから上荻の崖っぷちでは
新婚時代の木造アパートの亡霊が
歯槽膿漏のようにうずいているのである
　二十数年ぶりの荻窪駅だが
　　駅前の表情も一変して
　　　いろはにほへどちりぬるを……
　キツツキはキツツキであることを忘れました
有名無名の詩人のたましいにもふれました
うら若い古本屋のごきぶりよ年老いた喫茶店のうらなりよ

何一つ変わらない裏店のスケベエ共よ
変わっているようで変わらないのは
物神論ばかりではなかった
無知であること愚痴であること
あの草深い教会通りの
いきつく果てで凍えていた曇天よ
罪深い胎内巡りよ
喘息病みのキリストよ
娘も息子もそこで生まれたのだが
衛生病院の尖塔が
Z旗のようにはためいていた

迅速の
釣瓶落としの闇に落ちて
キツツキは
帰るねぐらが思い出せません

3

ネワァーン・ネウェイン洗脳塔

——寓話風のコメント

(バラに取り囲まれたゆめのなかで
かれは一ケの波紋であるらしかった
でもゆめはさめてしまえばそれまでだ
さめないうちになんとかしなければ
しなければとおもっているうちに
バラの刺で血だらけになってしまった)

無人の館
灯の消えた門灯がある

鍵のはずれた玄関のドアがある
孵化以前の卵胎生のようなグロテスクな記憶が
見知らぬ町並みを反射している
鳥も翔ばない空の下
見えるものと見えないものの輪郭がぼやけて
水底のように静かだ
だからかれは
息を切らしてとびこんだのだ
いきなり腐った階段があり
四、五段かけあがったところで
それは唐突にとぎれていた

墜落（！）
耳鳴りとも幻聴とも
つかない
幼時から親しい
あの感覚

予測しない痛み
予測できない疼き
胸と腰が変に重い
奈落の向こうに
水涸れの放水路が延びている
だからかれは
そのまま逆落としに踏みぬいたのだ
ふわりとサイレント映画の一シーンのように
音ひとつしないその歪んだ空間を

霧が深い
朝だか夜だかわからない
露を含んだ放水路の草叢に沿って
朽ち木の電柱がどこまでもつづいている
周囲は鬱蒼とした樹木と田園の気配
(ときどき走る碍子の閃光)

澱み
ことばの澱み
いしきのきしみ
垂れこめた水明りに
無数の水滴がふきだしている
そのどれもが
ひとつひとつ違った表情をしていて
記憶の凹面鏡のように
かれじしんの一刻一刻の
苦悶の表情をなぞっている

威圧感／嘔吐感
はるか下界を
水頭症の太陽のようなものが
蒼白い光を放ってはふっと消える

遠くに峨峨たる塔のようなもの
高さも形もはっきりしないが
暗い水面を突き抜けて
光はそこから延びているのだ
「ネワァーン・ネウェイン洗脳塔」
とかれは不意に理解する
（ネアン・ネアン？）
いつか写真で見たチベットの仏塔か
インカの遺跡にどこか似ていないこともないが？
一面吹き流しのような／万国旗のような
色とりどりの不可解な布切れがはためいているのだ
その懐かしいような悲しいような光景も
たしかにどこかで見たことがあるような気がするのだが
にわかに波立つ水面には
骨片や干し草の塊が遊弋し
羽虫の死骸が無数に浮かんでいる
かれがそこへ辿り着くことは

たぶん不可能だ
（いや、
もしかしたらかれは
すでにそのなかに迷いこんでいるのかもしれない
黴臭い土の匂い
吹きぬける風の気配……）

（洗浄塔？）

土筆は考えました
なぜここにいるんだろう
ツクツク法師も考えました
なぜこんなところにいるんだろう
めまいのするようなこのあかつき
（あかつきだって？）
無鉄砲なモグラも土の中で

不安そうに息をひそめておりました
団子虫はコンクリの下のまっくらやみで
いつもの飢えをしのいでいました
燃える季節の向こうでは
(季節はいつも燃えていました)
宛先不明の郵便物が
風に舞っておりました

波紋は考える
失墜したイカルスのように
出口をなくしたサンショウウオのように
世界は一ケの巨大なさざなみなのだ
さざなみのように小さないしきの集まりなのだ
だからくるしみもにくしみも
こなごなのにくたいのかなしみも
みんなさざなみのようないしきの戯れなのだ
戯れる祈りの循環／／

祈る波紋の無意識なのだ

整列した稚魚や沢蟹たちが
なつかしい肉親の葬列のように
波紋の識閾をかすめました
かわいそうにとつぶやく声も聞こえました
声はさらに輻輳して
どんな小さな水辺の悶えをも
残さず掬い取っていくようでした

プランクトンのように
乱反射し呼吸する光
くりぬかれた頭蓋の水底に横たわっていると
宇宙の傾く気配がします
地球のきしめき
星たちのざわめき
それから

あのまぶしい朝の気配が
爆発するガス状星雲の彼方から
あふれる放尿のように
静かに静かに押し寄せてくるのがわかるのでした

（燃え上がる海馬
凍える蝸牛管
また、十二指腸の時空がめくれると
毛細管のはりめぐらされた夏の炎症が
土偶や埴輪／仮面
の欠けらのようなものを吐きだし
点滴液の冬のトンネルには
首のない／手足のない
百足のような巡礼たちの炬火が
遠い塔を十重二十重にとりかこんで
いずこへかゆらゆらといいそぐ）

読み取れない時代の記録
廃園の古い百葉箱に残された
奇妙な判じ絵／つぶれた目盛り
――逝ったものたちは帰らない

（水に映るバラの威厳
バラにしみこむ水の病理）

血も心も
胞衣のようにすきとおって
かれの脱け殻は洪水の宇宙の深みに沈んでいました
――ああ浴びるほど浸かっていたいのだ
水の殺意よ／季節の罠よ

†

（空白／

漆黒〔桎梏〕
の闇の
果て
に
ひ
っ
か
か
っ
た
光
の
滴
！）

†

カマドウマやナナフシが
燃える季節をめざす頃も
脱け殻は
永遠の宇宙の羊水のなかで
いつまでもいしきを失っておりました

幻夏

——樹木あるいは洞（ウロ）のある風景

樹木が樹木であることに重苦しくなることがある
人が人であることに堪えがたい瞬間があるように
枝を張ればはるほど
その限界はむなしさにふるえている
樹木は樹木を抜けだしたいと思っているのである
透明になり風にはぐれていずこへともなく
行方を晦ましたいと思っているのである
でも風景はいつも饒舌な沈黙でいっぱいなので
樹木の憂鬱を理解するものはない
小鳥だって
樹木の限界を出たり入ったりしているだけだ
生死のあわいで泡食っているだけだ
かれらの罪のないさえずりさえ

自同律の不快に似て
ときに死者の怨嗟のように吐き気をもよおすことがある
だれをいたぶるわけでもないが
かれらが互いに血を流す光景を夢想するのも
風景の中心からはぐれた樹木の自己嫌悪のようなものだ
憤怒にかられた樹木の病巣は
蟬やカブトムシの墓場でもある
かれらが啜りにやってくるもの
それは世界の未生
メタセコイアや羊歯類だった揺籃期の
いびつな風景を共にした樹木の残留思念なのだ
胎児のように絶望した樹木の思念……
あのなつかしい夏の一日（！）
樹木もまた考えるのである
考えながらいつも蒼ざめてしまうのである
シロアリに食い荒らされた朽ち木のように
蒼ざめた昆虫たちの墓場で

壊死した己れをつい夢に見てしまうのである

†

――人は死ぬのではなく
樹木や石に姿を変えるだけだ
小鳥たちはそのからくりをよく知っているのだ
(とある日貧しい画家はふと得心しました)
ムクドリの営巣
百舌の速贄
どれをとっても
絵の具では扱えない教材のように
とてもかれの手には負えません
たぶんマチエールとして
あまりにも完璧な充足がかれの野心を挫くからです
死者たちの理解したこの世の夢の欠けら
それらが無数の層をなして

夕焼けのように地球を通過しているのです

†

洞のなかにこもっていると
世界が逆さに見えることがある
その光源がどこからくるのか
自らのうちに秘めた絶望のせいか
幻滅の尺度がはかれないほど
心が乾いているせいなのか
後ろから見た世界というものが
どんな不安や憎悪を秘めているものか
その奥行や実体について
ふと考えてみることがある
——太陽　星　月　それとも
そんなものの暗いほのめきが
だまし絵のように迫りあがってくる

何か眼に見えないコアがどこかにあって
この現実に投影しているのかもしれない
（と考えて貧しい画家はまた得心しました）

†

洞のなかでじっとしていることは
睡魔との戦いだ
世界の崩壊のイメージ
あるいは暴発する未来
鏡に向き合っているような自我との格闘
内臓を抉りだす痛み
自分のものでありながら自分ではどうにもならぬイライラ
ときに虚空をさすらっているものは
思い余って現実からはみだした夢の過剰だ
それらがおびただしい空中根のように
悶え錯乱するありさまを

日がな一日
じっと見つめていることがある
眼を閉じたまま見つめていると
かすかな光が網膜の無限をよぎったりする
あるいはそれは
瞑想する釈迦の孤独をそっと包みこむ
彼の菩提樹の巨大なシルエットにも似ていたかもしれぬが
じっさいは似ても似つかぬ煩悩の塊が
ただ茫然と放心し夢想していたにすぎないのだ
フクロウを匿いコウモリを眠らせる
この胡乱な闇のからくりについて
よくわからない仕掛けについて

†

残骸　廃墟
不可能な素材

その典型としての樹木のヴァルール
シロアリに食い散らされた世界のイメージ
幼い日のきみの足跡　消えた痕跡
あるいは草に埋もれた虚ろな来歴
そのどこかにきみに似て非なる
記憶の復習　不完全な復元
近づけば近づくほど遠ざかるもの
が恐竜の化石のように転がっている
けふも（たぶんあすもまた）
砂利取りあとの水溜まりに溺れた
忘れものの太陽が
夢のあわいをゆっくりとかすめていくのだ

妖春

――春眠中毒症患者の生活と意見

春が来たら思い出す
というようなことはとくになにもなくて
枯れ木は相変わらず枯れたままだ
新芽は呻吟し　擂り鉢型の風景には
魔法のような昼の月が出て
ヒバリの首をひねっていたりする
夢の不在や不可解が
もっともらしく繰り返されたのだ
傷ましい心はだから強いられた滞在から
樹液のようにはみ出したがっている
要するに未来も過去もアトピー症の
カルテのように憂鬱である
途方に暮れているのである

貧寒な世界はどこまでも貧寒だ
不在の台所も不可解なコンビニも
耳底で鳴っている冬景色からいつまでも逃れられない
わたしはいつものようによれよれになって
クロッキーの大海に沈んでいる
荷主不明のいくつかの宅配便が
コールタールのようにうねる海峡が
仄暗い中空にひっかかっている
光るシリンダーの内乱
凧の骨が鳴っている
いつもの混線がまたはじまったのだ
肝腎のことがなかなか思い出せない
いつものことだがいつものことがなんだかよくわからない
という瞬間があって
菜の花畑のどんづまりまで
一気に遁走したくなるのである
がまんならーん　がまんならーん

という間延びしたガムランの響き
悪性の混沌がいくつもいくつも
無限大に肥大したわたしの無意識の病巣で
菜種油のように溶けかかっている
いまさら後悔してもはじまらないよ
自業自得というもんだよ
と傷ましい心は自分にいいきかせているのです
雑魚も小鳥も泣いていました
枯れ木だっていつになく震えていました
凪の切口　ぬかるみの曲折
春眠中毒症患者にもユーモアくらいあるさ
ときに気が触れて竈の煙出しみたいなところから
コーロギやこそ泥と手に手を取り合って
どこかへ姿を晦ますのはまあ問題かもしれんが
魔法のような昼の月が
ヒバリの首をひねるのに飽きる頃には
憂鬱も悶絶も

一瀉千里の瀉血となって
この現在を浄めてくれるだろう
ハナミズキは華やぎハクモクレンは狂う
エゴの木が小雨の奥でひっそりと我に返る
悉皆浄土
悉皆浄土
いちめん霞のかかったここからだって
対岸の火事は比較的よく見えるからね

田螺

――龍天に昇りしあとの田螺かな――百閒

ひねもすベッドに溺れていると
生温い水田の匂いがしてくる
ゲンゴロウやメダカにまといつかれて
くすぐったい水底の饗宴だ
滑稽な夏――ドクダミが咽せる
わたしの器官は息せききっている
波打っているのは肥えたごである
この世界がなんといおうと
アキアカネは行方不明だ
凌辱する空缶も
ほとぼりさめやらぬ薬害も公害も
強引に溶けて流れて
ときどきゴマメはいきり立つ

水鶏のように身震いする
思考停止の八つ当り
汗まみれのふんどしを
夜の底へぶん投げるのも仕事の一つ

やみくもに
病みただれた頭のなかでは
フライパンだって悲鳴をあげる
赤チンもフルチンも
じっとがまんのくそ天気
どこからか霊柩車がまよいこんでは
かみなりにかみつき唐芥子を
わしづかみにして雲隠れする
だからいつもカレーライスは蒼ざめる
包帯のように目眩んで
消えのこった精神世界が
雨空を一気にすべりおちるのである

ああ　ことばは小癪だ
トコロテンだ枕さがしだ
バランスシートは泡を吹く
蓄電器は逐電する
草焼きとかやきもちとか
五十男の感傷を踏みつぶして
ふるくてあたらしいジンマシンが
いまもわたしを捉えて離さない

生温い風が吹いて
わたしは一刻の幸せを共有する
ミズスマシよイトトンボよ
ウッオーイ！
几帳面なキンポウゲよ
性格破産のとりもちよ
ソナチネにカトランよ

衰亡的亢進期の夢にも
ときどき現われては消える夕焼けがある
夕焼けに似たことばの駈け落ち
くすぶっている幼いわたし
幼いたそがれに首をさらす
タガメのように失禁する
ミュトスからロゴスへ高飛びするのは
アルケーの風景画だ
無縁坂の松の木の枯れ枝から
出がらしみたいな幽霊が一体
まっくろいスクリーンを隠れ蓑に
じっとこちらを睨んでいる気配であるが
おのれ　ドッペルゲンガーめ
と思って振り仰いだときには
もう影も形もないのであった

一夏の炎天が

苦しまぎれに背伸びして
けふもわたしの濡れた目線は
かすかな水線をさまよっている
万物の根源は水である
と昔の哲人はいったそうだ

不眠の草稿

一九七一年　母岩社刊

1

牧歌

鉢植えの太陽
小鳥を捺印する
断食の墓掘り人夫
窓の胸毛に画集を並べる
食べ残しの季節料理
球根が腐る
美しい歯並
だれにも思い出せない
物悲しい物思いの思い出し笑い
の滅亡から洩れる人間の坐標

沙漠に催眠し
文書偽造犯が撒布する
幾何学的虚妄の旅
結果は死である
　　　　　男は
タチアオイの午後を選んで
半神半馬の汗を流す

牧歌

夢枯れ
意識に光苔が生える
逆茂木をかなしみながら
あるかなきかの道をいけば
牛が滑る追憶
馬が沈む永遠
髭を洗い首を濡らし
羊をあぶり兎を焦がし
麗らかに夜ばいに耽った
肉体も精神も清められ
欅も草焼きも清められ
子供たちは黄昏に食べられた
犬も猫もまだ帰らない
虹の便り荷馬車の便り

幻滅の村や街を越えて
歯は光り舌は光り
密猟が優雅に栄えるだろう
今日も明日も裸体である

伝説

夜明け前に小鳥が死んだ。美しく犯されて。

男は小鳥の死について神秘的に推理した。

ああ、あれは言葉なのだ。季節の外側、他者の時間に失くした言葉そのものなのだ。

男は小鳥のなきがらを可憐な箸箱に密閉して見えない川へ流しにいった。見えない川は見えない海へ注いでいるだろう。

淋巴腺。電解槽。眼がえぐられた解剖図。

男は不意に音無しの夢・底無しの睡眠に沈没する。加減乗除。奇数序列。アパッショナータ。

散光する。原子が胞子がペンペン草が。空へ虹彩へ悲しみの恥部へ。

遺言〈輪廻転生は殺戮の変装である——ジャータカ〉

男はイチジクの村道を魔女狩りに走りだした。

悲しい水夫

舷窓から落下する
クラゲの群を発汗で消す
思索が静脈で爆発する
捕鯨船の変死の終焉を
陽気に歓談した
革命の消息
裏切りの燔祭
水夫は悲しい
きみはいつも逃げているよ
本当だ、おれはいつも逃げているよ
論理の罠から迷彩画から
地獄巡りの泣き酒から
つまり、難破船の美学だ
蛸が笑うよ

珊瑚が笑うよ
環礁の貝が笑うよ
幸福・愛・英雄主義
処女航海の自滅まで
憂いながら出帆するのだ
癲癇の水夫たち
勇敢な水夫たち
海は水夫の貌である
夢であり墓場であり
故郷である
ヘソである
実数の水夫たち
虚数の水夫たち
新月の島で死にたいよ
波止場の花売りとハネムーンしたいよ
全て神の摂理である
同情には価いするだろう

しかし、きみは有罪なのだ
未来永劫有罪なのだ
裸体は鮫に食われるべし
美しい不毛圏へ
おいらあ二度と帰らねえよ
帰らねえよ帰らねえよ
ヒヤヒヤ……
悲しい水夫の風流譚

精神劇

（瘋癲病院まで一里半）
幼稚園の泉水まで五〇〇米
地下室のジャズ喫茶は（半町向う）で
翼を畳んで配達夫が壊れていた
種切れ　憧れ　糞ったれ
貸借便覧　示談屋　人買い
保険勧誘員の焼酎の天国の淫売の
暗中模索の浮世の生理の解体
で歯車が蜂が（微笑が割れる）
（おれ）はアルルカンの走馬灯の
仲間に外れた易者かもしれなかった
下駄履きの失意のゲジゲジの
鳥の放物線（！）
暴徒　琴線　水疱瘡

月夜のスッポンの快適な破綻調
パチンコ屋の小娘を生捕り
片意地な運命が淋しい
細長い細長い夢精のように
訃報の坂道を（さまようのだ）
（狼狂患者のようにさまようんだよ）
終局は必ず虚飾されるだろう
防腐剤　黄金分割　架線工事
主題は（死）以外ではない
形而下的街外れに恋人はいない
（おれ）はラクダをさすりにいった
頭の中ではだれとも連帯できないだろう
へのへのもへじのように
（涙が流れ）
（ナツメをむしり）
（ライラックを河へ捨てた）

夢の斥候

健忘症の世界である
不案内な備忘録の
逆巻く籤運の落穂拾い
人間の細胞がメラメラと
没落の屍槽に降り積もる
何も残らないだろう
追憶に希望はないだろう
道具も前科も断腸の思いも
狙撃の対象から外された
寃罪の青春の
ぼかし絵のヒコバエの
放蕩息子のノスタルジア
混迷は試練であり
狂気は嗜好である

神棚の稚児のように
上半身だけが目覚めて
官能的無意識を泳ぐのだ
野辺送りの季節外れの
人跡未踏の忘却審理である
へ通じるヒナゲシの道で
行き暮れるのはたやすいだろう
抹殺される感覚が大切である
焼き討ちの釣瓶落し
辺境は雨模様であり
心は荒れ放題である
黄昏の要塞には
洗脳の涙が流れているだろう
豚が笑う仮想王国
忘れたいよ一切合財忘れたいよ
自害した女の解禁の舌
をむしり取るのは現実的であり

祝祭の枷は夢幻的である
始めに混沌あり
単調に髪がもつれる
塹壕のメランコリア
美人局のエキゾチズム
リンチ・リンチ……
どのような分岐点でも
楽観論を愛しなさい
主題は天衣無縫である
行こうかそれとも戻ろうか？
精神の負債時間へ
共通の堕落がいけないのだ
鎖の担保の逆夢
片恋の情報漁り
寝返りは美談である
ああ切ないねだあれもいない
種も仕掛けもない野外劇

実存は粗末な付録にすぎない
意味は後からついてくるのだ
合言葉は？
腐爛死体に栄光を！
異常なし！

夏

壺の中で
人間が憤死する
無花果のプレリウド
追放の草稿である
幸福な風習である
終息はなかなか訪れない
太陽が背を掻いている
密航の果実のように
地球は灼熱し裸体が焼ける
虫送りの経典の甲羅が
毒草の茎をかき分けるだろう
混沌をなめてふらつくだろう
遠浅の気遠い修辞考
草刈りの首塚を掘れば

樹精が淋しく蒸発するだろう
袖の街から襟の村から
啓示を受けた巣の夜明け
夜更けの幻灯の遍歴
ネアンの芳香酸の窓辺から
ピエロのように意識の砂洲へ
忘れっぽい冒険にとりかかり
何度目かの病気に罹る
ああ悲しみの余り
山羊髭の無様な患者と禅問答に深入りし
暗い青春の火柱から始めて
まだ弱酸性の入江に渋滞している
ウニとカジキとイソギンチャクの漂流
に魅惑されるのだ
流離・復員・無言劇
もう生きてはいられないかもしれない
どうして？　ツバメよ

どこでもない地獄だよ
玩具商の角からしもた屋の辻へ
ドブさらいにいって帰ってこない
風船の西瓜の素足の
片眼の女の子を誘拐した
舞踏病の午後が広がる
カマキリの悪夢のように
膿の悖徳を跳び越えても
玻璃窓から投身しても
人生は値切れないだろう
あり余る観念の蜜房を
包帯で隠すことはできないだろう
夏は生傷の坩堝である
鬼歯の燦く星雲である
恋唄の機雷である
結局猟師のようにポツンと
永遠の木偶になるしかないのかしら?

ツバメよ　ツバメよ
屁のような流刑物語に
一心不乱に憧憬する火夫のように
淳朴に縊死すべし　ツバメよ
いきいきて怒りの道を迷いけり
裏返しの錠剤・菜ッ葉服
葉緑素の空と海と
腹話術に凝るせいか
余罪は変幻自在に尽きない
腐れ！　ヒマワリ

2

青春

ひどく信じがたい
いま夜明けがはじまった
ぼくは雲から降りながら
複写された機帆船のように
重油の悲しい部屋の隅で
思いにおちていることが
そこに小鳥がいないことが
遠吠えのように喪われたとき
待機するものもなく
ぼくは包帯をしている

哭きつかれているのではなく
瞼に泥がまじり
さする暗い指をなめながら
図面にあやまりはなかったか
絶望でも希望でもなく
季節に許されたこともないのに
肖像画のように慄えている

球根

適性は焼けること
単発的に繋ること
忘却とか未来とかいった草花と一緒に
楔形の行商に出かけたまま
樹木は揺れ
血行は魚のように歪曲した
目覚める昼下りのわびしさが
主語を必死にかき集める
塵芥のような音階にさらわれて
トレルリ・コレルリ・ビバルディ
昇天した幼年のように
植物的にだれもいない道を目指す
立ち並ぶ空気が少しおかしいのか
愛・攻防戦・浮雲

ぼくはいつも球根に　それも
植えつけの悪い球根に似ている

季節

半健忘症的な
樹々が移動する空
浣腸の牧場には
幕があり　枕木が降り
ぼくは時間切れらしい
思考に裏地がないものだから
隠れた陽光を探す　その
不審な登坂を急ぐ顔たち
急に湯を忘れた
終点駅で色づいている
うらわかい壺の風景にいない
ふと首をめぐらし
井戸から井戸をめぐり
ぼくはのぞきこんだ

ベッドにたかる死脈の時間
異様なさみだれを
仔ウサギのように回生して
聞こえない季節を渡る
ナゾを求め　房をさざなむ
何がかなしくてか叫んだのだ
いつか視線と視線をふりかえる
無知な銃眼になり　反省も
なく語根や第六感をかき集める
陥没湖ああ　ぼくが呼ぶ
半端ものや　衝動ものや
半永続的で　元凶的な
現象降るふるすがめ的な
の草食に慣れた
見なれない出帆に慣れた
花瓶の紫斑に慣れつくした
思考の極北で

咳するもの乾くもの
摩滅した没交渉な腺病の町並
を切開する瞳　いま
反復し反復し
正視するもの　そこに
燃えるもの

時間の空

架空の町で
キセルやホゴの漂う空で
料理用のブタが唄う
陽気な間奏曲だ
薄化粧の注文通り
ぼくは砂時計をぶらさげて
水銀の空を走るだろう
拡大鏡から吐きだされ
スカンクが遠い生垣をめぐり
女は火桶を洗うのだ
殺意をかきむしり
スカーフを首にまきつけて
少女趣味の活劇熱
水を越えまた水を越える

独白の動物園のほとり
音痴のように騒ぐだろう
人間とは
無計測な人生を盗作して
ポツンと雲隠れすること
ああ故障した穴から
ギブスや鬼子やちぢれ肉片が
ひらひらひら飛んでく
るよ
時間という灼熱を
五線譜を指揮するような
いったいどうしたというのだろう
疑問符や感嘆符を
悲しいくらいにこぼしては
蒸発するにまかせっきり
やっぱりぼくだけ除名されて
変な風にお尻をつきだして

水銀の空を走り走れ！
凶器か
さもなくば経帷子のように
余所者の町・暗転の町
坂の向うは
画びょうがきらめく真空だ

破滅行者

あの男はふうてんだから
いつも破滅の暗示にかかり
火縄にかけあがり線路におちる
やんや・やんや

生きるとははみだすことか　白熱のコーヒー店で器楽を逆転して開幕から誤算し　凶状は宿場町をはなやかに滑って　石筍が増殖する空の暗礁を蛇行しながら　真剣に人差し指がつきだした霧の町へ　理想というものに難渋する兎口の洗面器　女はオームと交わり　カーテンにまかれてぐしゃっとつぶれる　ああ本当の人生はいつも本流からそれて渦巻になり突風になり　内戦をくりかえしてはぶくぶくふくれて自爆するだろう　あの刺青の面をうて　おれは鳥打帽をすっぽりかぶって光線の駅裏をめぐり　無思想な星座にしがみついて　地図にない回航　ついぞ思ったことのない幽霊坂のチャイムを思いだすのだ　生活を考えると羊雲にふわあんとぶらさがって　盲目文字どもと不協和音を合奏したくなる　それが一切で　もう先細りに逃げるわけにはいかないのだ　われらが王国は洪水なのだ　来

週は樹液をすすり　さ来週は河を渡って　悲報の電流・黄昏に罠をはって　こっそり密使
を放つ　決闘の草稿　たくさんだたくさんだ　腹痛の男は蜘蛛女をめとるだろう　だれも
反対しない　呪文や血液型および二重人格のミイラに関する駄作画　おれは注文の品を何
もしらない　ハネ橋のかたわらで野宿して虹を切りきざみながら羽の折れた敵を親切にや
っつける　証人のいない法廷　セールスマンが絶命する広場　口が走りみだれる空を犯行
計画のカメレオン的な集まり　カンバス・カンバス　はねながら貝殻を吐きだす　砂浜へ
降りていくほうたいも　実はソバカスの少女を探しているのだ　誘蛾灯を遠巻きにして何
もいえない　あばくべきかべからずか　ゼロから無限大まではのびした血沈運動　塩もし
くは落首　いまとなっては旅装をといて穴居するしかないのかしら

風のない空の高みで
あの男のゼイ肉焼いて
発情するや発疹するや
やんや・やんや

幻の荷役

折れた秒針の無人街を
風圧ゼロに音痴がよぎる
死相を解読しながら
ステンド・グラスにきらめく乱視
その求心の病理に
ときめく流砂の初潮を彩り
芽を先験的に写生しながら
心は水棲せよメトロノーム
悪寒にだぶつく指紋のひろがり
馬賊の空・闘いはどこまでも
頭上をよぎる不安な条痕を倦怠しながら
くびれる天狗を懸想するのだ
おれたちは囲まれ
白昼おれたちはイボに囲まれ

青カビが変奏されていく夢明り
ああ罹災者どもにまぎれて
薄い膜の枝道をとことん
スミレのようにさまようのが好きだ
何を肉腫が吐きだすか
道標なし・風葬信号
送り返されていく白眼はとびちり
凹んだ女の非行を裂いて
いつまでも乱数表に参加するだろう
焼きはらうものがないときは
白衣の人柱を採掘せよ
いつか生身がふわっと起きあがり
逆巻く暗号を一気に突破して
不眠蜂起を歪みに歪むのだ
ラスト・シインで華車に短絡するのだ
モノログは臨場感を横揺れ
忘却遠征をポツンと添削していく

その指は天気図を断罪しながら血走り
独航船は一面に何を指向するか
半影群に投げこまれたおみくじを追い
白骨はきしめく希望をフケのように
高鳴る落雷の交信デッサン
忌中をきりもむおれたちは
武装したい物色したい迫害網を
片足がはねるブランコ乗り
恋患いのメンスの流れ
脱臼した季節のために
殺意を片っぱしから選ぶのだ
停電の時代を濁流しながら
多感な滞空・網状実験
じたばたすんなスナドリ娘
きみには愛があるか　双頭を
ドブ泥にまみれた過去があるか
もつれながら垂れさがるおれたち

の縁無し帽を焚刑しながらきみたち
が悲しく転調する夜明けのマスク
弧に乱れて異本を漁り
出血せよ屈折して出血せよ
情火のさなかを
フラスコが倒れていく

……の骨相は

呼ばれ・ぼくは・たような気がしてそっちへいった・たぶん急いでいったのだろう・担架に乗らなかったのは生理的な配慮によるらしい・もぎ取られた足をどこへ忘れたのか・いまは・ぼく・は思い出せない・不細工なレンガ造りの家家に・なわバシゴのようなものがひっかかっていた・心臓病の雪曇り・だれもいない・一人郵便夫のようなものが走る・不在の町・への不在の道が・う・ね・う・ね・と続いていた

記憶のない町で記憶のない男に会った
夢から脱落したミミズといったように
無効の不安が空にわだかまっていた
《全く思いがけないことだった》
《全く》
自分がそこにいるのが不愉快なのだ
と男は非公式に考えた
フグ中毒にかかって　あるとき

黄塵のものものしい記憶をさまよった
記憶のない町での記憶のない密会
《辛辣だわ》
《辛辣だとも》
ボケッとした時間　たぶん

説明できかねる・ぼくは・ぼくがどんなふうに恢復するか・だれが宝石を吐き出したのか・サナトリウムの・この・出入口がどこにあるのか・天井は落ちていないか・捜索は神妙だが捗らない
（きみはたぶんインコを飼うだろう　そして菜種畑を滑稽にはしゃぎながら際限なく占領するだろう　つまりインコに恋するわけだ　きみの記念日は鳥たちにもみ消される　黄昏近い終着駅で　不意に行方不明になるのをこのうえもなく粋と心得ているらしい　誤解が絶望を検証する　試験期　きみにとって有価な投機は精神の負債・孤独癖に賭けることだ　未熟さに抵抗しながら未熟さを繁殖する嗜眠症のきみは真剣に咳こみ乾燥してしまうだろう　きみは暴露された過去をロビンソン・クルーソーのように漂流しはじめる　極秘にきみが指向するところ　陽になり翳になり巫女たちが舞上り舞下りるところ　忌中の白日に一羽のインコとしてきみは憤死するのだ＝公理Ｉ）

ぼくは因習上・いつも首を多少かしげてしんきろうの中へ入っていく・ぼくはぼくが見るもの・よりも見失ったものを・盲目的に名付ける・ぼくの外部世界は他界と表裏している・ぼくは名付けられた架空の一部なのだ・雑種意識にスポイルされかねない・ともすれば・疑惑で張り裂けんばかりに脳髄そのものの解剖を計画することもあるが・寒い午後・に目覚める・ぼ・く・に・あるのは・空襲焼けの無気味な緊張なのだ・一体名付けるとは何なのか・責任の所在を紛糾すること・このぼくしかいないサナトリウム・名付けられないのか・名付け疲れか・無機質な悔恨との関わりにおいて名付けられないもの・そこにブクブク相殺しあう・ぼく自身の荒廃した楽園を・恐怖にまみれて・断罪するのだ・そしてふとぼくは風化したぼくを発見する＝公理Ⅱ

ケシ粒のように
影の中で起きあがる——ということは見知らぬということだ——部屋の形も酵母菌も区切り取られた矩形の空も悪寒にくすぶる道なき道も　霧の樹木の淫乱も　ぼくの病状の進行と並行して　完全にアクロバティックな　固有の意味をもつだろう　ぼくの観念とは対極的な意味において　つまり牧歌的な消耗性は季節柄どうにもならないのだ　その貧血性の内部世界を期待に震えながら　ぼくと訣別した白衣のぼくが泳ぐ　悲しむでもなく走るでもなく溺愛に似た眩暈を潜行しては　そこに群がる無名・掘り起こされた未来時制・墓柱

もしくは神経の問題　ぼくは一冊の読本を開閉するようにあるがままに生きている（または死んでいる）　触れるとたちまち溶けてしまいかねない謎の虹彩でポツンと不利な自覚にかえるとき――音信不通の感情のカスミを腹蔵した日に――ということは

＝なぜかしら逃散した青春＝

ひかんしてゆれた
ひざしがやぶれた　ほこり
がめくるめくあこがれ　すくなくとも
えきまであるいて10ぷんかかる
こうひいてんが5けん
のみやが9けん　ちゅうかてんが3げん
ふろやが1けん　えんとつ
がまさにたおれそうだ　よあけ
そうおんにまぎれてねむる　どれも
じかんときんせんにかかわるもくそ
をいっさんにはきだすぼく

見覚えがあるようなないような公理Ⅰおよび公理Ⅱの回覧の（脱字）をふらついた　頭髪を門灯がわりにぶらさげたアンバランスな下宿が　ぼくの遅刻に合わせて大きく揺れるのだ　飛び交うキルク栓　ぼくは恋のようなミルクを飲んだ　何という切ない不安なんだろう　忘恩の眼にストッキングもしくは疥癬の海が　ぼくの遠乗りと無関係に　現われキラメキ消えるのだ　剝ぎ取られた涙腺　ぼくは『ネッキング呆けの木馬ドロ』という微視的スキャンダルを自然燃焼する（＝不敬罪）ことに決心したのだが……

求道の化身
病痕に汚れた周期的なウソ
いつ訪問しても不在
なのだ

ここには背景がない・ヒモにはわかるまいがここには小道具なんかないのだ・ぼくらは理由もなく猥談に熱中した・声にならない声で魚になった少女のことを水族館のように談合した・生まれたことのない風雲のユメ・石鹼水の仮眠がぼくらの主観に影響するところは少なくなかった・タイムリミットになってからぼくは与えられた役が何もないことを知っ

た・ぼくはぼくがなぜ復讐しないでまごついているのかを胡乱に考えた・ぼくは恐らく小心なのだ・ぼくは鏡の反対側を遠回りしただけのようだ・ぼくは自分のいく場所に全く無知であった・ぼくはまた何やら不分明な蛍光剤に塞がれたぼく自身の忘れられた部屋・ぼくはどこにあるか記憶していないが・へ・だれかに追われるように戻っていくだろう・いや・だれかがぼくを呼んでいるから・着衣を払って・ぼくは・劇薬に・染まり・待っている・少女のハンケチが・ながら・屈んだように・いる・知って・ぼくらは千々に乱れて行動する

3

不眠の草稿

種

事件は思いがけない結着をみるだろう、というのがリンパ腺をかみながら生きているぼくら浮浪民の大方の見解だった。家系的にたしかなことは何もなかった。ただぼくらもいつか扮装しながら木洩れ陽になることがわかっていた。何を鳥葬し、何が希望的前途であるかを問題にできなかったわけではないが、ぼくらは共通の死生観にうんざりしていたのだ。

昼

何も考えないこと。おどろおどろしい不妊の空を、リンゲル液にぬれて臓器が走る。ぼくらは何も考えられなかった。あの総入歯の空・笑う空はいわば繁茂した恥であり、かきみだされた回想なのだ。つまり、ぼくらは二重に誘拐された道にいるのだった。どんな形容詞も適切でなかった。そのまぶしい広がりの白さを夢にさいなまれる恐怖とぼくは思うのだった。《時》の高圧線に粉雪のように忘れさられたもう一つの《時》ぼくは音をとりちがえてばかりいるのだった。ぼくの水先案内はほの暗くざわめく概念を、鳥は――どうして灰のようにこぼれないのか――かなしく物まねしながら何かを密告しようとするのだ。何だか、ぼくを消しさろうとして……

空

ぼくは沈黙した。というよりも沈黙がぼくの姿勢をしてそこにいた。それは食べたり夢みたりヒステリーになったりした。ぼくはさけんだだろうか？　いや低気圧に配線しただけなのだ。何を？　都市や戦場のようなニセの分泌液を。何と経験は抽象的な空文にすぎないのだろう。ぼくは何かを期待し、そこにあばかれた漁網に遠洋航海の意味をさぐり、ヒラメのようなものを間食しながら、陽に焼けただれ、いつも期待される何かに浸蝕され、まひしたまま代数のような弧線をえがくわけだ。およそ策もなく、完全に沈黙したまま、その文盲の空で、ぼくは小さく揺れるもの、さみしくまたたくもの、そしてまたけたたましく吐くものだった。

目

不始末をしたその貌は何時間も尾行された。なぜ？　と細長い坂や、逆光線でえぐりとられたたそがれの卵巣でぼくは考えた。なぜ？　ガス灯が網膜につぎつぎになだれこんでくるのだった。ぼくは夏とはぜんぜん縁のないハンモックをさがした。もしぼくをカワセミのようだという女がいたら、その女はぼくの観念の牧場のカワセミになるだろう。《解剖》という風景が何かロマンチックに反響しないか？　橋や河。かなしみは確率であり、その女は聞く貌もしくは哭く罪に懸命なのだ。無心な無心な旅の序章で……

風

ぼくは勇敢だったか？　かつて勇敢だったことがあるか？　時代のさなかでぼくは戦ったか？　反省するたびにぼくはだしぬかれるのだ。お前が勇敢だったかって？　もちろんお前はお前の流儀で責任をやりとげただろう。だれもいない集会場でとりのこされた白っぽい霧の太陽をみていただろう。お前が乱入した領土はお前を迷子にし、お前の想像力はうらぎられ、お前の良心はきつね火のようにお前が訪れたことのない辺境へ消えただろう。疲れきって、お前は脱臼しX線にさらされる。いまお前が浮かんでいるのは藻草の実験室だ。そうだ、ぼくは勇敢な台詞をしらないのだ。ぼくがしっているのは太陽のない先験だ。生理的に、たぶんぼくはカスミのように不作なのだ。

愛

空はいま神経症なのだ。鳥雲におしつぶされた貌がすこしさむいというのだ。この町は川が流れない。あなたがどこかでせきとめたのだ。自信もないのに伝票をまきちらして斑模様のたそがれをぬすんだのか？　亡命に洗われた非番の《時》をぼくは深呼吸しながら、まだみない心理劇や覆面の思想または道路工夫を音もなくかっさらってきりきり舞うとき、ぼくはサナギのようにこの俗世の鳥瞰に成功するのだ。これまで当面した出来事は、がんらいつまらない気分の問題にすぎない。いまヒポコンデリックな複眼の空の脅威にあらがいながら、放心してはウサギのようにめざめ、めざめてはまたふっと放心するのだ。《あなたは粉雪がふっているのよ》という闇のお告げ。ぼくはこのことばの周辺を雑草でうずめ、それから狂信的に走る！　環という環。門という門。血という血。すべてが透明な季節の果てまで。そこへぼくは燃えながら不時着する告白なのだ。発作的に世界を変え、そこにおしつぶされた貌を好きなのだと発音し、どこかわけのわからない枝道のようなところ、水蜜色の空気が何かしら切ない《時》の底で、何者なのか？　何がおこったのか？　考えるともなく考えあぐねながら不意に泣いたりするのだ。ぼくは偏屈なのではなくて多少こっけいなだけなのだ。

猟

ぼくは撃たれていた。何に撃たれていたのか？　たしか戦慄しながら黒穂のようなものにからみつかれた。いわば洗脳されたのだ。何かが失われそれが何であるか思いだそうと努力しながら奇妙にはにかんでいるのだった。つまり自由の貸借がだれにもわかっていなかったのかもしれない。自由？　備忘録？　正午？　それは何かしら良心の航跡なのだ。いったい何が味方であり何が敵なのか？　そしてまた何が毒に犯された何を求道するのか？《時》を単葉機が一機また一機というように飛んでいくのだった。ぼくはまだ虚構活動に挺身していなかったが、いつか闇に葬りさられるさけがたい計画に告発されていた。ぼくがぶざまに蒸発しながらふさぎこんでいるのは、たぶん宗教心のためではなく関節炎のためなのだ。ぼくはいつも日没の町をあさり歩き日没に撃たれるのだった。あざやかな夢の風雪。これまでノー・タッチだった方眼紙の整理に首をつっこむこと。大切なことは、無機質な光景なのだ。だれもいない《時》だれもそそのかさない余白。撃たれた獲物がぼくのいない空間にただよっている……

草

あいつはいつもいなかった。いないのにいつもぼくをさがしていた。あいつの会社にあいつはいなかったのだ。にもかかわらず電話がかかるのだった。電話帳にぼくはいなかったのだが……《きみは徒食しているんだろう。おれはいつもきみが欠勤した空想にもみくちャにされながら、青い草の実をポケットに入れてこの真昼の広がりよりも広いのだ》そこでぼくはあいつが乗降する（はずの）雲の駅に待ち伏せして《時》をおしのけてあいつの臭跡へ迷い入ろうとした。あいつの通らないあいつの通る道は、薄さむい季節の沈澱物に消えながら、おそろしくがんこにぼくを拒絶した。不適格者でなければあいつは会わないのだということだった。不適格者？　無理数的細目表。何を優先するというのだ？　《もちろんきみは不適格者かもしれない。少なくとも温厚な病人ではないさ。病人よりもっと始末がわるい無関心派だ、といいたいところだが、人生は白紙ではない。これまでに一度だってモンシロチョウを食べたことがあるかい？　おれたちが分校の鉄棒のさびをふきながらしゃべったこと。理想的にいえば、かなしみとは食欲のことさ。理想的にいわなくたって舞台裏はみえてるさ》どういうわけかあいつはぼくに何も要求しなかった。ぼくはあいつを寄生虫と定義した。何か要求すればあいつもぼくも無能な雨降りになるだろう。あいつはぼくには無関係な混線なのだ。あいつのおしゃべりをぼくは理解しない。あいつのかけてくる電話を、しかしぼくは無視しない。内実のともなわない改宗劇。あいつは、ぼくがここにいるのはまちがっているとか、おれを忘れるのはけしからんとか、東洋的命題を訳してくれとか、ありあまる沈黙をぶちまけて不意に受話器をおくのだ。ぼくがいまここで何をしているか？　ぼくに関する情報に無知な一人の男。ぼくはもう名前も顔もおぼえていない。つまりあいつは幽霊なのだ。ぼくは独房に閉じこもることにした。どこまでも深い空だけがみえる独房に。あいつがどこかにいて、どこにもいないということは、ぼくがどこかにいてどこにもいないということではないはずだった。

罰

もみがらの燃える空をあらあらしく剝いでいくと、ぼくはカスミ網にひっかかった一羽のハトだった。無名の辺境の町でぼくは時代遅れな思想のように褶曲していた。無数の地蔵が集まり、記憶に去勢された投身事件もしくは季節風の透視画に揺りおこされながら、何かしら類型的に足をすくわれて、意味らしい意味のない遠吠えもしくは思慕の間道に、同時に出没する不吉な疲労素になるのだった。不可能な繁みのようなところ——何だかキノコが群生しているようだが——無効の希望に酔いしれて《死んではいけない》といいきかせながら飛びたとうとするのだが、何かしらぼくは胸騒ぎがするのだ。まだ逃げられないから……

有罪の辺境

——外では淡雪が降っている……

　ということになっているのだが、この《外》というのはどういう刑場なのか？　男は感傷的な物覚えをリスのようにたどりながら、この《外》に対する《内》がどういう幻滅なのか、ヒクヒク戦いて考えつめる。男が関わる景色はたちまち除籍簿に変わり、不可解な妄誕さながら、あの夕焼空のように証拠不十分なのだ。そこで、男は思いだしたようにエゴの森林を踏み迷い、あのキツネ火の刻限、変死のオブジェを可憐に栽培しながら罠から罠へ悲しみを繋ぎとめる。方向オンチの失神のオトリ。男は繁殖するミノムシを掻き集めながら、一連のニセモノめいた物見高さによって、習慣をはねとばし、カビ臭い悶着を受け継ぐわけだ。お祭りだって？　もちろん半分はお祭り気分かもしれないねえ。男はどのように肥育していいかわからない優美な憧憬で窒息しそうだ。つまり、あの採光窓に投影される何かしら見定めがたい剝製図に、ときには大写しにときには小写しに、集散する何かに男は何となく勇気づけられるのだが、——脅威感は男の属性であり、不信感は男の思弁だといわれている。断わっておくが、男は自家中毒の美食家でも漁色漢でもないのだ。

いわば、シンボルとしての絶望が、不意に男をわしづかみにして猟奇を騙るとき、男は飛躍の心証をありとある観念の卵巣に求めるあまり、収拾不能な完全変態にわれを忘れる。

——外では淡雪が……

ということなのだが、いまやギンナンの桃源郷を唄いめぐる男は、正体不明の悪意に満ちて尽きることのないこの土俗的発想に忙殺される。当分、人生は寸分もはかどらないだろう。この世の中には一つの典型を生きる人間とそうでない人間とがいるものなのだ。男が試作するスキャンダラスなえせキャリア。男は、いつかどこかで思いがけなく可愛い面疔の寡婦に会うはずだった。……《チャア》と男が酔い覚めにわめくと、ハムシやタニシやカイツブリの光琳模様に囲まれて……《チャア》と女が幸福そうにわめきかえす。そんな蒸発風景で、どういう星のめぐりあわせか、男はおよそ自己主張には縁遠い痴話を交わしながら木霊ともつれあったまま空転し、空転しつづけて不思議な悲恋のサソリ座になるはずだった。ノスタルジックにいうなれば、男はあのもやもやした性格破産のトリの刻限、赤裸々な違和感を仄白くさあーっと曲線を描いて遂に発狂するわけだ。——空は、と男は考える。

空は有であるか無であるか
有であれば骨が飛ぶのか
無であれば首を焼くのか
ミミズ腫れのミイラの空には
火を祭れ　オーッ
火を祭れ　オーッ

――外では……

というこことになっているのだが、この《外》という幻滅にもこの《内》という刑場にもすでに男はいない。それと乖離したあの恐怖の刻限、耳障りな不協和音をとどろかせながらおびただしい切株がすさまじい勢いで飛んでいくのを、男は逆夢のように聞いていたのだ。どこで？　ああ男にはわからないねえ。わかっているのは自我の風蝕、およびそれっきりの覚束ない覚醒感といったところさ。本来、男は無心に出直すべきなのだが、急所伝いに豹変しながらいつか卒塔婆もどきの完結をみるだろう。つまり、男は見てはならない鳥のような永遠をかいま見たばかりに、いずこへともなく追放されたのだ……

橋に関する詩と詩論

それは橋だった　橋でなければ虹だった　木でできた虹だった　石でできた橋だった　いや草でできた虹の橋だった　綿雲の巻かれる中へ　ぼくは渡っていったのだった　クモの巣にひっかかり不眠症に犯されていたのだ　頭上には　何か脅威的な反省の目がぶらさがっていた　それはぐんぐん増殖し見え隠れした《お前はそこで一体何をふさぎこんでいるのだ?》と目は喚いていた　草の橋が季節風に裏返されて　眩しい縞の夜明けがそこにあった　いや不燃性のしもた屋の並ぶあの訪れることのない未開の同志・死者たちの町なのだ　果肉の群は菌糸がしゃべる《革命》や《革命のない愛》に錯乱して　解放区の積木を工面していた　ぼくの計画は　つまり裏切りに密接した空中分解だった　ぼくが侵入する太陽の跳ねる町に　逆さになったまま　鳥肌の四季がおかしな濁音を落としているのだった　一切の原則めいた条文が　とぎすまされて　あっというまに鬼籍に入るのが　一種のやりきれなさであるとしても　ぼくは不可解なやりきれなさにさらされたぼくを　因果的に遠望する生活よりも　もっと別様な料理を考える　料理できない《時》　形あるもの・ないもの　多元的な道について考えるともなく考える　道から道へ不連続に送り届けられるあかね色の絶望を呼吸する　それがぼくのアリバイを問うとき　ぼくは穂のように草の橋

にさしかかり　それが木でできているのか　石でできているのか　それとも土か鉄でできているのかを神妙に考える　問題は　まだぼくに権利があること　その虹の橋のようなものにしがみついて　未知なる町を心臓のように見下ろすということ　同時に　一回性の《生》を完全に何度も復元した心理の破片でもあるそれらの輪郭の定まらない町並を　一人の同志として見下ろすということなのだが　ぼくはあの反省の脅威の目でいまにもふり落とされそうなのだ

旅の草稿

そこに水門があったということ　それだけなのだがその水門の憂愁をぼくは話さなければならない　そのときぼくらはなぜか水苔のように新鮮なきらめきだった　世界が迷宮入りした旅を求めてふっちぎれた駅がいくつも背をかすめた　やあ、とぼくはいったものだ　雨が降り太陽が裂けて愛が降った　海のようなものがぼくらの方向を決めてしまい　その明快な含羞がぼくらの影を見失うとまた豊饒な水門に出くわすのだった　菜ッ葉を無数にびらつかせた追憶のような水門が小さな町の上限に透明に広がっていた　それはありし日というにふさわしい季節のとある日としかいいようのない草焼きの匂う選択だった　ぼくらはとくに何かを求めていたわけではない　たぶんぼくらが求められる何ものでもないのと同じほどに光る種族にぼくらは無縁だった　忘れ物も落とし物もない感傷の爆発――遠景の星辰を焚火が飛ぶのを　その時代の注として朝な夕なにぼくらは目撃した　つまりそれもまたあの透明な水門に短絡する祝祭の異稿なのだった　悲しいことにぼくらには身分を明かす術がなく　ときおり手にする魚介もそれが何であるかしらなかった　でもどこまでいっても眩しい等高線がぼくらを巻添えにするので　ぼくらはついに巨大な水門の罠を逃れることができないのだ　だからぼくらはまだ婚姻届も提出していなかった　これから

先の宿もわからず　忘れられた町の向うに笙のようにふるえる岬があった　そして水位は
上り上りつづけていつかぼくらは謎の空に水没した

風雪

——l'élégie de kioto

風が渦巻いていた
その流離の散乱光にぼくはすでに深く病んでいた　ほとんど死にかかっていたかもしれない　いやおそらくもう息絶えていたといっても過言ではなかっただろう　でなければ無数の病歴が夜を日をついで飛んでくるはずはないのだ　あの重症の季節　ぼくが棲んでいた記憶の町にはいつも日没の中枢神経で未決の狂気が白濁していた　ぼくらが泣きつかれた唾液腺の空も偽証の道も　城のように風蝕しつづける大学も　その周辺の猥褻な苔の集落も泥の町並も　すべてが呪文のように霧の中で渦巻いていた
そのころ　ぼくは何に憑かれていたのだろうか？　たぶんぼくは曖昧な模写に気を奪われていて事態の変化に十全に気づかなかったにちがいないのだ　奈辺の天啓がぼくの悪意を去勢しても　そんなことは大したことじゃない　ぼくもまた虚無なるＶＩＥのかなたへ幽鬼と化して燃えつきようとしたのだが　あとはただ調書（注）にあるとおり　ぼくはきみに曳かれて（そのときみの瞳は狂ったように炎えあがったよ）道化の廃墟をどこまでも死んだ蝶のようにさまようことになるのだがぼくらドサ回り一座はみんな根っからの白痴な

ので遂に有効な八卦の何ものもひきだすことができなかったさ　ケッケッ　ひげを潮風で
洗い千々に砕けた太陽に明滅しながら　過剰な感情の殺菌作用に中毒の地獄耳をそばだて
たもんだぼくらのいっときの血を湧きたたせるようにぼくらがかけ落ちる死角の暗礁には
屍姦さながら不吉な影法師が入り乱れ訃報にすっかりおおわれてしまうのだった　それは
ぼくら（とくにぼく）とはまったく無関係な亡国の副葬品だった　ぼくらの迷宮はＤＥＡ
Ｄ　ＬＥＴＴＥＲで満ちみちていた

朝焼けの昇天――
というほどの荒涼感を　ぼくらは
血だけ残して暗転したよ
それが最後の断だった
すると眩しい海鳴りが
行方不明の太陰暦をとりかこんで
影の脱走におそいかかった
それはぼくらの愛の文法なので
ぼくらの流罪の風雪は
緘した化石でいっぱいなのだ

おお　ホタル火集まれ
そこなふくろうどもは火炙りだ
ひやひや……
ちょうちんやァ　ぼんぼりやァ
はァかばこえたら　ゆうれンじゃァ

目は何なのか？

目は真相に遠い炎える罠・血祭りの余白をぼくは陽炎のように急旋回する　火急な船酔いの感覚　しかもぼくらはいつも現場にいないよいつも検死はとどこおるだろう　暗喩の遅刻　鳥とも獣ともつかない何かの影　悲しい血路　ぼくが立ちくらむ正午はきみの目の中で不在だった！

むろん自閉症だったかもしれない症候はあったかもしれないあの誤謬の季節ぼくは渦巻星雲の無だった無つまり冤罪の傍証で死んだ蝶の密航を夢見ていたのだいまもなお消えた青写真そのままに……

（注）架空の小説〈失効時制〉

青写真のような世界で

青写真のような世界
そのような桎梏の眼を
解剖する爪が弧を描く時間
錠剤が密航する　ぼくらの死角から
ぼくらが決闘した猟場から
太陽は誘拐されたまま
遠景を正午が封殺した耳鳴り
そんなにも麗らかな拷問
流行でも恋唄でもなく
しかしぼくらは病んでいるのだ
不定刻な検屍があちこちで行なわれ
秒針の鳴る風景で
不発弾をさがすのだ
樹精が不審そうに揺れる痕跡を

聴覚で確かめるのだ
ぼくらはたいてい鬼火のようにほのかに
演技を忘れて四季にめざめる
この未完の草稿を
祈念と邪心でせきとめながら　なおも
噂にひどく過敏なのだ

美しい忘却の町
死者の影が往来している
それを投網のような天気が煤払いして
嗚咽にむせる象形文字の空
からは毛むくじゃらの手足が落下する
そんな切ない幻灯の巣で
ぼくらは不意にホームシックにかられた
さて又聞きの失神にはせ参じ
理不尽に緘口してことをたて
廃線の駅前でおちあったものだ

何から何まで迷信なのだが
ぼくらにはぼくらの掟があるのだ
時代の恥部――それなりの臨場感
憑かれた血相だけをたよりに
偏食する日
偏食して静脈をなめる日
すべての偏食の悪寒のト書で
過不足のない絶望を校正しながら……

青写真のような世界
そのような涙腺の壊乱を
符牒のように悲しみながら
ぼくらは言葉を培養した
そして蒸発した落書だらけの空の下を
どこまでも遠吠えのように走っていった
あるかなきかの恐怖に染まり
それもまたつまらない夢のつづき

といったぐあいに入知恵されて無心に笑い
声もなくプロットからはみだしたのだ
あいまいな戒告のような痛み
秘められた時効の季節
道化が死んだ道化の採血
に変貌した闇の外れで
ぼくらは坐標を喪失したのだ
失われた明証への急ぎ
あの空の眩しさが何であったか
考えあぐねながら　ぼくらは
暗い時間の重層で失速している

迷走美学

もちろんこなかった　だれもそこへはいかなかった　そこがどこであるかわからなかったし　ぼくらはいつものとおりどこへもいきもきもしなかった　それがいわばぼくらの全てだった　ぼくらは一人残らずあやふやな決闘の影なのだった　そんな破傷風の季節の外聞に気色ばみながら　けれどもぼくはいつか尾ひれのない魚の形をしたきみを不意に見舞うだろう　蛇腹状に波うち波だつ病舎　解剖図のような悲鳴にすきとおってきみはふきげんに黙りこむ　輝く初夏　ぼくらが早熟に四捨五入した方角にはクラゲの海の掟が眩しく広がり　それは何かしらモラルのためなのだがファッションではなく　小道具らしい小道具が人生の通奏低音に欠けているのだった　ぼくは何も注文しなかったが　きみは壊れた砂時計に夢中になり　周囲の不穏な密雲の空を三文オペラのように片づけるや　ぼくときみは着のみ着のまま串刺しになって雀躍りしたものだ　ぼくらの祝婚に形はなくぼくらの変身に火はなかった　それぞれ暗号のロクロをいじりながら一人前の科白が与えられる幻のときを待っていたのだが一様なジレンマが虚言症になってぼくらを追放したおかげで　もぬけのからの半可通な朝の水辺を　おそまきな臨場感に誘われてひっそり触角のようにめざめる異形はだれ？　あのおこなる裸心な迷走神経の横なぐりにぼくらを反映するゴース

ト・タウンの並木が走りぼくらは走り　逃亡の情報は貧血のように加速化してそれに伴う計略の一切が化石化し　乱痴気騒ぎのお札降りはいつまでもいつまでもつづくのだ　そんな厄払いの町並を　ぼくらは要注意でわめき

《オラシャンゾー　オラシャンゾー
《テーゾー
《テーゾー

ながら方言まじりに盲動したのだがそれほど幸福じゃァなかったよ　ぼくらは大方小児病みたいだったのであってどういうわけかいわくいいがたい滑稽感にとらえられ　そいつを理解することができなかったってわけなんだ　しかもあの蠱惑的な似非使命感には黒い鳥どもが群れ　あいびきの泉もなければあいまい宿もビザもない　つまりぼくらが失ったものが何であり　ここはどこなのか？　(と考えるひまもあらばこそ)　ぼくらはそれぞれ何か失われた魚の形をして　まさに《失われたとき》を生きていたのだった　あのおかしな熱病が何だったのかもわからないままに　お互い鬼歯をむきだしにして家系の闇を踏みしだき　淫乱な幻覚に襲われていたのだ　きみはそれでも初夏の哀切を刻むだろうか？　点字のように不運な希望を見えない海の方途に刻むだろうか？　ぼくには記すべきほどの年

輪も何もないのに

デッド・レターの闇にて

最初の戦慄が去ってからもその余韻はなかなか消えなかった、とぼくはすでにどこかで報告したと思うのだが、真相は、ぼくら——ぼくときみとそして正体不明の数人の影たちは、あの事件から遠い無人広場でくらい観念の血行を囲んでいたのだ。ぼくらの上には底なしの暗黒があり、ぼくらの下にはこれまた底なしの深淵が、夢の暴力さながらに存在していた。たぶん、そしてふしぎな連繋感がぼくらをとらえ、なぜかけんめいに黙秘権を行使したのだ。たぶん、ぼくらは定石どおり無謀な恐怖に荷担したに相違なかった。つまりぼくらはかならずや人柱のようにリンチにあうだろう。きっときっとあの偏見に満ちた空そのもののすさまじいリンチにあうだろう。そしてぼくらが追体験する月蝕にはいつものように読経があふれ、ぼくらを犯した薬草の町々にはおかしな半旗がはためいているのだった。これはとんだ誤解だという気が心底ぼくにはするのだが、中傷の穴をめぐって変心するのがおちなのだ。そのたんびに魔性の火がぼくらに飛火し、禁足の夜とふいに入れかわるのだった。その夜陰にまぎれて音もなくけむりがたなびきだすと、ぼくらは頭からすっぽりガウス記号のような季節をかぶって考えこむのだ。そして片々と腋毛がさざめく撮影裡には、見渡すかぎり焼香の輪が広がり、どれも帳尻があわない。そこでミイラ取りでもあるぼくらはタイム・トンネルの西空を猟師のように急ぐのだが、いつか方向が見えなくなってしまうのだ。なんてことだ！　とぼくはさけんだ。だがだれも気づかないのはぼくに真剣さが足りないのだろうか？　それともぼくらの関係がまやかしだとでもいうのだろうか？トゲだらけの闇をドグマさながらひた走りに走る、ただそれだけのことなのだが……

一の鳥居は不吉な鳥居
二の鳥居も不吉な鳥居
三の鳥居は不吉な鳥居
四の鳥居も不吉な鳥居
…………

さて、事件に関する詳報とその欠落感は一人残らず当事者に報告されたはずなのだが、まだだれもそれをしらない。というよりもけっしてしることがないのだ。つまり、この仲間はずれの他人どもの町では、個々のアドレスはすべて死文化して幻聴につつまれてしまうのである。ぼくらをめぐる希望の翼は未来からのインタビューによって焼き払われる。そしてぼくがいつか失語症に陥るのもけだし偶然ではないだろう。というのも、例の戦慄はまだおさまっていないからだ。

屋上屋
——ラディカリズムのゆくえ

〈朝〉
朝の悲鳴を聞くのは
パズルと化した欲望の血だ
そのなぎさを回想しながら男は
おびただしい反抗のネガをつらぬく
不意に耳になり髪になり爪だけになる
どこまでいっても涸れた夏の声が
産卵の空を満たし男を満たし
禁句に吹き荒らされた幽霊町には
死語がそよぎ火事がはかなく広がり
それらの影を棘のようにはねとばして
嘘の魚売りは男ではない　男をしらない
だれにも見取られることなく発心するのだ　男よ

お前のくらい奇禍にこされて
あるかなしかの余罪の《時》をのぼりつめると
未知の貌が
季節の底で燃えているのがわかるのだ

〈契約〉
まず男は契約する
理解しがたい感情の満潮時に
男は耐えられない　回想はたまらない
この遠雷は男を忘れた
だから補聴器は不用なのだ　いつも
不案内こそ男の愛の証明なのだから　そこで
すえた空家にくもの巣だらけの
底の抜けた旅愁の空家に契約するのだ
男が常用する麻薬は非売
男が鍍金する銀器は非売
非売の汗を月夜にくれてやると

たった一人の男が無数の破片の心を
屋根裏ではらはらと洗濯するのだ
不運な表白の星座
およびそれらの遠近法への偏愛
すべての刑余の脱走の飢えを
男は沈む　どこまでもどこまでも
まだ訪れない人生の夢さながらに
まだ契約しない因果な印象を隠語を鍵束を
おおインコのように飛びたつ護符を追って
男はひどく落魄したよ
美しかりし血書の暦年（！）
行きついたか行きつかないか
秘伝の形相を焚きこめた夏
夢に暮れおくれた謀反の男が
人恋の舌を難聴の構図に植える
そこで男は死化粧するのだ
そこで空を毒味するのだ

美しかりし暦年の血書（！）
男はあらためて
じぶんの《死》と契約するだろう

〈非運〉
いつからか男は痒くてしかたがない　空ッ腹をかかえて恋人を待つのは芝居がはねた二十四時の駅の裏だが　おお男は待ちに待ちあかしてすでに風化した写真のように変節している　癇癪もちの男にとって L'ATTENTE と L'OUBLI の処方箋は存在しない　その腐蝕しやすい思考には籠から放たれた一羽の蝙蝠が夜ごと日ごと男との関係を相殺しにやってくる　この世のえにしの投影図さながら　やがて男は確信に満ちて吃りはじめるだろう
天性の土地鑑さえすっかりスポイルされたかのように変死の卦をたて厄除けに灰をかぶり　七日七晩廃村の奥にこもって水ごりをとり猥画に淫して姿をくらます（失踪歴これで三六五回目）《消えた部分》に首をさらしていま男にわかっていることは次善策のネタ捜し　でもいつからか夜の果ての宿場をよぎり花火があがり花屋が狂うと　男は荒行の雨になり雨に降りこめられて罪滅しに　夜の痒みをシーンとこえる《おれのたてがみがいななくとき……》男の悲哀は間然するところがない

〈眩暈〉

この祝祭には消印が必要だ
だが熱した頭に道はない
のだ男は犬死の午後を望んで
寒心にたえない悪台詞にあきると
口伝する消息はなにもないよ
そのまま蚊になって眩暈の血をめぐった
のだだれかヘソをなめる眼に現像され
紐をめくりとっていく夢の片耳で
黒いものがのたうちのたうちまわる
大きく小さくなって震動はやまない
のだそれが回復の兆だとはわかるまい
吐く男にはわからない判読できない
この消印無効の暗号はわからない
回虫が繁殖するこの白昼（?）
のだなぜじぶんが魚介を吐くのか?
あの易断の地の貝塚になるのか?

《生》はぐんぐん傾斜してふっきれた泡が
男を追いかける夜と夜の旧道
そこから先には季節の報復があるばかり
なのだ牧歌調の空の焼場で
男の指紋が発見され命名される夏
きみは信じないだろうか？
誤射された男の笑いを　笑う不安を
じたばたわめいただろうか　この男は？
そうだ流亡はまだ不明なのだが
つきあげてくるなにかが男をぐーんとつきあげる
のだ走ることもさけぶことも
未知の男には無縁のように

〈海〉
おおついに男　首吊り
告発するなにもない告発状だ
寒い寒い屋根裏に男　首吊り

暑い暑い屋根裏に男　首吊り
暗い暗い屋根裏に不眠　首吊り
だが死んだ男はかえらないよ
死んだ男の探検は不可能そのものさ
そして無数の男が一人の男に重なると
その選ばれた男は海なのだ海
空に拿捕されて難破した海なのだ海
そんな海を航海するな
うかつに航海するな海の噂を航海するな
筋も脈絡もない神秘な海では
これまでの半生が死んだ男をたたえるだろう
そこに危機感がしのびこんできても
時代おくれさ　時間切れで時代おくれさ
屋根裏の海でほうたいにくるまれて
男は遺言もなく水葬される
かくて選ばれて死んだ男は
海におちた星くずを拾いあつめるのだ

詩と献身

一九八二年　レアリテの会刊

I

幻日幻想
――作品Xにいたる覚書

Kさんから思いがけずイヴ・タンギーの小画集を頂戴した。四月のことだ。同封の公募展の案内状を手に、久しぶりに上野の美術館へでかけた。しかしどこでどうまちがえたのか、Kさんの公募展を見損ったのはざんねんなことであった。

思いかえしてもよくわからないのだった。当日はたしか雨がふっていた。しかもふだんの日なのに駅頭から西洋美術館のあたりまで、学生団体や金髪のハイティーンたちが群れをなしていたのは、そこでアングル展が開かれていたかららしいが、それにしてもおびただしい車の列といい、かれらの人群れといい、ひっそりした雨の午後を期待していたぼくにはいささか予想外であり、驚きでもあった。このわずかな違和感に何が迷いこんだのかしらないが、とにかく、都の美術館へいそいそと出向きながら、ぼくは目的の場所を見失ったのだ。そのへんの記憶はどうも定かでない。

むろんそこは、これまでにも何度も訪れた場所なのだった。まだ旧館でがんばっていたころから、ぼくは適当に暇と感興にはげまされるというふうにして、一人で、あるいはだれか連れと（といっても昨今は家族のだれかという程度だが）でかけていったものだ。そしてそこに展開される色と形の祝祭に、日常をこえたレベルでの共感と慰藉を感じ、その一瞬の情感のなかに、直感的に没入できるじぶんを発見して、満足したのである。

それが必要不可欠な精神の糧になりうるからこそ、ぼくはいまでも思いだしたように美術展や画廊をさまようということがある。むかしほどではないかもしれないが（たしかに最近は、招待状をもらってもなかなか時間がなくて失敬することが多い）……たまにそういうところを訪れることは、けっこう刺激になるのだ。

送られてきたタンギーの小画集にあるブルトンらのオマージュを我流に訳しながら、じぶんが何を考えていたか、むろん雲散霧消して何も残っていないが、ブルトンのこういうことばのなかに、ついに己れの体験とは無縁でありながら、しかし秀れて詩的な〈知〉の問題としてどうにもならない磁力を感じていたのはたしかなのである。

Si d'ici se retirent les apparences humaines, c'est pour faire place à ces figures dérivées d'elles qui pour quelques heures rempliront seules les roses du vent……

（ここから人の気配が立ち退くのは、そこからただよいでた像に席をゆずるためだ、しばらくはただバラのみを風でいっぱいにして……）

ぼくもまた、公募展の陥穽で道に迷ってしまったということだろうか？　そこにみたものは、いわばKさんのいなくなったあとの、等身大の「風をいっぱいに孕んだバラ」の人型だったのだろうか。何かしら、気配を感じていたのはたしかだった。

気配——というよりも、この世ならぬ者の視線を、といったほうがいいかもしれない。というのは、ぼくは一人の女の亡霊につきまとわれているような、奇妙な感情を抱きつづけていたからだった。

彼女が黒い服を着ていたのは、それが趣味だったからかもしれない。あるいはそのときも春の小雨がけぶっていたために、そんな外套を必要としたのだったかもしれない。十数年も前のことだったと思う。どうしてそうなったのかわからないが、そこの博物館へ入り、刀剣や織物の類いとは別にどういうわけか、かつらや仮面の類いがやたらに展示された部屋をいくつもめぐっていったのだった。いや、それもたしかな記憶ではなかった。何が展示されていたのか、いまぼくは何も思いだせないのだ。ただその女の表情だけが、その黒い服装とともに変に能面じみてよみがえってくるばかりだ。もしかしたら、ぼくはそのとき、その女の表情が、無数の能面のように、上野公園のそこここに出没しているような感じにとりつかれていたのかもしれなかった。

《自分について何か語ることがあるだろうか。残念ながら何もないと逃げておきたいのが本心である。自分について何か注釈めいたものをいうには、まだ時期が早すぎる。だが一応何かいわないことには裁判にかけられそうなので、自分で裁判を行うことにした。

一人の人間がその弱年を名状しがたいオブセッションですり減らし、とある日、すでにもう決して若くはないのだという自覚のなかで、彼が自分の位置を確かめるために、その拠り所をほとんどそれについての予備知識が何もない、ただ漠然とした同郷意識によって、自分の郷里の文学的ローカリティに求めたということはどういうことなのだろうか?

一方で、彼はつねに農村的郷里を嫌悪し、自由を求めて都会への逃亡を企て、そのたびにふがいなく失敗しているということ……。

〈脱落〉

彼は卑怯者だろうか？　それとも深慮遠謀なマキャベリストか？　むろん、そのいずれでもないだろう。時の経過（＝時間）が、彼が選択した行為の必然性、その当初にもっていた取りかえ不能の性格を中和し、その選択の結果だけが、彼の現在のアリバイを多少こっけいに潤色しているのだ。

「自動記述は、エリュアールも区別しているように、ポエムとは異なる種類のテクストだ。それは、一種の散文としかいいようのないものだが、そこはすべての言葉が、矛盾や照応や類推や、とりわけ音声上の類縁関係によって、絶え間なしに継起し、つぎつぎに消滅してゆく結果、ある顕著な特質がそこに生じているように思われる。つまり、自動記述のテクストでは、言葉がつぎつぎに新しい具体的イマージュを出現させる結果、これを読みすすんでゆくときの感じは、一種の旅をしている感じに近い。時間および空間の中で、かなり急な速度で、イマージュの形成と交替が行なわれ、それを読む場合、読者の意識は、いわば過程の連続状態を経験しつづけつつ、とつぜん終結部に至るのである。たとえばブルトン、スーポー共著の、自動記述による最初の作品集『磁場』（一九二〇）には、次のような、それ自体、意識の旅の定着といえそうなテクストが数多く見られる。……」（傍点筆者）

これは大岡信著『現代芸術の言葉』所収のエッセーの引用である。ぼくはこの文章を読んでから詩作をはじめたわけではもちろんない。この文章を読む前の段階で（幼少時を除いても）ほぼ十年間の《詩的経験》があるわけであり、その九九パーセントが詩作とは無縁だったにしろ、それらを底辺にしたピラミッドの頂点（？）でこのような文章を発見したにすぎない。しかしこの大岡信の文章は、ずいぶんぼくにとって魅力的である。その正当性についてのさまざまな見解をふくめてである。というのも、言葉というものは本来ラディカルなものであり、そのラディカルな性格の延長線上に自分たちの場所を確かめることは、おそらく詩作する人間の最も大切な課題であるのみならず、詩作のオリジンを、最も正当的に継承していると思われるからである。

創作とは、日常的なリアリティを土台にして試みられる、決して実現することのない「ここより他の場所」への無限の距離に賭けられた精神のドラマなのだ。意味内容の伝達の問題は、必然的に具体的なメディアとしての言葉そのものの問題にすりかえられ、それは言葉そのもののラディカルな性格のなかに埋没してしまう可能性を秘めている。——といったことの十分な認識の上に立って、なおも言葉の難解さの茂みのなかへ踏み入るものの一端に与したいと思う。

たとえいくら努力してみたところで、限定された自分自身の戦闘範囲を一歩もでることはできないにもかかわらず……。

なぜ？

ecce homo !

＜脱落＞の個所は目下、原稿用紙に転写不可能なので除外。ただし覚え書によれば、筆者は現在、高松市の詩誌「詩研究」に所属し、最近「にゅくす」と前後して大阪の「かいえ」にも加入。余罪については黙秘権を行使します。敬白　》（注1）

ずいぶん妙なところを、ぼくはその女とうろついたような気がする。外堀のドブ水を見下ろしながら、およそ具体的な〈愛〉とはかかわらない、どこか小児的な空想をもてあそんでいたような気がする。いつだったか、その後だいぶたってから一度、渋谷の仕事先の出版社へいく途中、その女にそっくりな人影を路上に目撃したことがあった。当然ぼくはギクッとした。だれか同年輩の連れと話しながら、路肩にふろしきを広げたヒッピー風の若い男が商う手製の首飾りや腕飾りの類いを品定めしているというふうだった。それがまぎれもなく彼女であったかどうか、確証があるわけではないが、瞬間的なじぶんの直覚は否定できない気がする。ぼくはそのときその女のことなんか、全く念頭になかったのだ。

なかったというよりも、久しく完全に失念していたといってもいい……。にもかかわらず、その人影が彼女だったという確信を深めた理由は、彼女の家がそこからほど遠くない高台の方角にあることを、ぼくがしっていたからにほかならない。そのあたりを彼女がうろついていても、少しもふしぎではなかったからだ。

幼時はおしゃべりだったのに、いつからか口数の少ない不機嫌な少年になっていた。じぶんの存在に対する違和感をことばの破片がとりまいていた。(愚劣なはなしはいっさいしないこと) と内向して、十代が過ぎた。大学はそんなぼくにとって何だったのか。不具の思いがとりつくしまのない憎悪をはぐくんでいた。出口を求めて、人並の憂悶をぼくは病理のように圧殺した。

〈詩〉が人の形をとったもの、それがその女だったといえば、いくぶん当たっているかもしれない。彼女は一行の詩もかかなかったし、また詩に興味があったわけではなかった。〈詩〉以前の闇のなかで、彼女は〈詩〉よりも鮮やかに実在していた。彼女と落ち合うこと、それは期待と希望にみちたぼくじしんの〈詩〉の未来だったのかもしれない。

ぎざぎざになった空
爪で白くめくられた空
血ぬれたモノローグの空

首がかけられた空
もえる鳥のむらがる空
四辻を写した空
黒い影が吸いこまれた空
道のない空　あるいはある空
命綱の揺れる空
ぼくらが歩きまわった廃墟の空
墓地のむきだしの空
海とさしちがえた空

肖像画と等身大の空で
横向きになった女の貌
やがて回転しはじめる仮面のむれ
見覚えのないキャンバスがある
乳房のチェンバロがある
それからまだ聞こえない室内楽も（注2）

その日が雨だったことと、これは何の関係もないことにちがいないけれども、方法は不意に訪れるものかもしれなかった。どうあがいたところで、個人の能力なんかタカがしれているのだ。そのような自己の発見こそ、つまりは〈詩〉の発見にもつながる気がする。下降する夢のなかで、ぼくはわれにかえる。世界はこれまでと同じように、そこに広がっている。近づけば遠ざかり、逃げれば逆に追いかけてくるような関係として……。

そうだ、上野の森にはたしかにおびただしい亡霊がさまよっていたのであった。「桜の樹の下には」（注3）というわけで、人々がそこへ、やれアングル展だの何だのとかっこうをつけて出かけていくのも、そこがほかならぬおびただしい亡霊たちの棲家だからかもしれなかった。人々はかれら無数の亡者たちと交わり、かつ自らの魂を鎮めにそこへいくのかもしれなかった。レジャーや趣味にかこつけて、人は意識するとしないとにかかわらず、いわば己れの〈生〉のアイデンティティを求めて、亡霊のようにさまよっているのにちがいなかった。

それは上野の森でなければならない、ということはないだろう。池袋でもいいし新宿でもいいのだ。あるいはそんな繁華な場所ではなくて、もっと名もしれない、じぶんだけの場所でもいいのだ。それが上野であるのは、たまたまKさんの案内状によびだされたからであり、また、それ限りの想像にすぎないのだけれども、そこをある共通項でつながれた斎場とみなせば、少なくとも、その日の人群れと心身喪失に似た己れの所業とが、うまく説明できるような誘惑を感じるのだ。

このような経験は、そのときだけのことではなかった。これまでにもそれに似た心身喪失の体験は何度かあった。そしていつも見知らぬ場所で放心しているじぶんに気づくのだ。いや、見知らぬ場所というわけではなかった。ただそんなふうに見えただけなのだ。世界はぼくじしんの病理のように無表情だった。

気がついたとき、女はぼくの視野から消えていた。いつそうなったのか、われながら不可解だ。そこを歩いたことも、ここで語りあったことも、全てが夢であったように、人気のないスクリーンではじけていた。その気配だけが、そこに漂っていた。そしてもうけっして若くはないじぶんが途方にくれたようにそこにいた。

家庭というせまいフィールドで――それを墓場といおうと牢獄といおうと勝手だが、――「風をいっぱいに孕んだバラ」と入れかわることもなく、少々神経質に、かつ陰うつそうにして日がすぎた。女房子供に映るじぶんがどういう像を結んでいるかと思うと変な気持ちにもなる。どうせ生きている、あるいはまだ生き永らえていることのこれが実体であり、それ以上でも以下でもない。

〈詩〉は〈生活〉と同じだといえばいえるし、全く異質なものだと主張することもできるだろう。要は、人生に対する態度の問題だ。〝What's a life〟も〝How to live〟も、ヴィヴィッドに呼吸していなければならない。死者に対する礼儀はぼくもまた、正直いってもちあわせていないのである。
とはいえ、亡霊は出没する。幼時から臆病でくらやみを恐れた記憶は、そのまま子供がうけついでいる。お化けがでるーッ、といってトイレから走ってくる子供の姿は、そのまま大人になりそこねたもう一人のぼくじしんの姿だ。そんなじぶんに苛立つというわけではないが、思いだしたように外をうろつくのは、つまり内なる他者に、じぶんがさそいだされるからかもしれない。自閉症が昂じる一方では、何やら生得のオブセッションにいびられているのであった。極度に用心深いくせに、ついボケッとしたことをやらかすしまつだ。じぶんが何をやっているのか、さっぱりわからないということがある。そんなぼくの内部には、何やら新しい出会いを求めてわけのわからない無数のことばたちが、所狭しとひしめきあっているというのに！

Des pierres pour les fixer avant que ne passe le géomètre du rêve; il voyage sur la Grande Roue,tenant le bouquet des cerfs-volants !

（夢の幾何学が通過しないうちにそれらを固定する石たち、……かれは凧の花束をつかんで《大車輪《グランド・ルー》》の上を旅する）

「大通り《グラン・リュ》」ならぬ「大車輪《グランド・ルー》」の上を旅するとき、ぼくらの〈詩〉はどのような姿をして現われるだろうか？

（注Ⅰ）「半途のプロフィール」（「にゅくす通信」一九七〇年二月）。
（注2）古い未発表詩稿の切れはし。
（注3）梶井基次郎の小品。

森川義信・覚書

——重たい心

森川義信という詩人が、いわゆる名作「勾配」なる詩をかいたのは、ちょうどぼくが生れた頃だ。それがどういう時代であったかということについては、ぼくにも若干の知識がないわけではない。それは、けっして積極的に渉猟して得た知識というものではなくて、戦後教育の亀裂面に何か強引に異物が挿入されるというふうにして、どこからともなく押しこまれた知識という気がする。世代の断絶感というものは、制度的な外見によりも、そこを生かされた個人的な経験のなかに最も根強く残っているものだ。そしてそのような断絶感が、個人的意識の暗闇で一つの辺境として増殖しはじめるといったぐあいに。……それはともかく、森川義信の詩的出発はたとえばこんなぐあいだったのである。

風船にひっぱられて　小鳥は中空たかくのぼっていった
風船はくるめく日傘をまはし　あたたかな銀の雨を降らした
小鳥はむしやうにうれしくなり　力いっぱいそのすずを鳴らした
それにしても風船にのれない重たい心——ぼくは丘のクッサンの中でじたばたする

あばらに生えた青麦の芽をむしりながら

——「春」

一般にモダニズムといわれたものが、どういうふうにして発生したのかぼくはしらない。春山行夫といった名前を耳にしてもあまりピンとこないほうで、むしろ西脇順三郎の『超現実主義詩論』あたりから派生したものだ、というふうにいわれたほうがわかりやすい。ここには明らかにそのような時代の幸福な詩の開花がみられる。この詩才が、かの一群のモダニストたちと異なっていたことは、彼がすでになぜか「重たい心」に気づいていたということであり、それがけっして言葉の枝葉では囲いきれない何かだということ、詩人の発語の根にしっかりと根づいていた、何か得体のしれないものだということに気づいていたことであろう。

「あばらに生えた青麦の芽」といったきわめてシュールレアリスティックな詩表現を一応は獲得していながらも、結局は西脇流の（いわんやヴァレリーなどといった）純粋詩の概念に吸収されずに、実存的悲哀のもっと直接的な表現へとまっすぐつき進んでいかざるを得なかったのだった。確かに作品「勾配」は、鮎川信夫の言を俟つまでもなく、昭和十年代の青春のある切迫した心情のきわめてオリジナルな表現手法であるように思われる。それは一人の詩人が、その存在の先端で時代の暴力そのものと拮抗しあうほどにもはげしい

自己表現であった。戦後の「荒地」の詩人たちは、一篇の詩作品「勾配」の、

非望のきはみ
非望のいのち
はげしく一つのものに向つて
誰がこの階段をおりていつたか
時空をこえて屹立する地平をのぞんで
そこに立てば
かきむしるやうに悲風はつんざき
季節はすでに終りであつた
たかだかと欲望の精神に
はたして時は
噴水や花を象眼し
光彩の地平をもちあげたか
清純なものばかりを打ちくだいて
なにゆえにここまで来たのか
だがみよ

きびしく勾配に根をささへ
ふとした流れの凹みから雑草のかげから
いくつもの道ははじまつてゐるのだ

――「勾配」

といった地点から出発していったかにみえる。森川義信という詩人の伝説性は、恐らくこの一篇の作品「勾配」がもっているふしぎな自律性にあるとみてまちがいあるまい。ちょうど、かの「イリュミナション」のふしぎな自律性とどこかで呼応するかのように……。けれども、森川義信はその才能を十全に実験する暇もなく死地へ赴いたのだった。
年譜を引用すれば、

昭和十二年　早稲田第二高等学院英文科入学
昭和十四年十二月　同校中退
昭和十五年　春に半月ほど上京
昭和十六年四月　丸亀歩兵連隊入隊
昭和十七年八月十三日　ビルマで戦病死（数え年二十五歳）

丸亀とは、森川の生地に近い小さな城下町である。その城址は、他のどこの城址にも劣らぬほど美しい佇まいをもっている町なのだ。こうしてみると、森川義信が詩作にかかわることができた期間は、かの「イリュミナション」の詩人ほどにもきわめて短かったということになる。

それにしても、年譜というものの何たる白々しさよ。それはその信憑性によっていつも裏切られざるを得ない。だから森川義信という詩人の足跡も、年譜の不十分さからよりも、彼がのこした詩作品の展開そのものによって、端的に観察されなければならない。「勾配」から「廃園」およびその若干の異稿群、そして最後の作品「あるるかんの死」へと。ぼくの率直な印象をいうならば、森川義信はその後、ついに「勾配」をこえる作品をかくことはなかったのだという気がする。彼は作品「勾配」を同時代への遺言として、彼自身の内なる暗黒(重たい心)に拉致されてしまったのだった。それでは彼自身の「重たい心」とはどういうものだったのだろうか？　『森川義信詩集』(母岩社一九七一)の「解説」のなかで、鮎川信夫はこの詩人のもう一つの顔を、こう伝えている。

「しかし、いつも他者への思いやりにあふれ、おだやかに人に接していた彼にも、心に深く鬱屈するものがなかったとはいえない。ある日——前夜したたか酩酊して帰ったのを気遣って翌朝下宿を訪ねてみると、彼は畳に寝転がっていて、あたり一面油絵具や筆やカンバスが散乱しており、夜どおしかかって描いたのであろう自画像が壁に立てかけてあったことがある。黒と代赭と白で描かれたその顔は、とび出さんばかりに眼をむき、唇を異様に歪め、凄まじい形相でこちらを睨んでいて、それがまぎれもなく森川自身の隠れた顔であることが直感され、私は、その度胆をぬく野性に圧倒されて、思わず立竦んでしまったものであった」

　という鮎川信夫に誇張がないとはいいきれないかもしれない。しかし誇張であれ何であれ、ここにはまぎれもなく一人の詩人の真実が、ある悔恨をもって記されているというべきだろう。読みとれるだけのものを読みとって、この文章をぼくらは忘れよう。そして森川義信の「重たい心」が、結局はこうした詩人のありようと無縁でない何かだということを知ればよいのだ。それは別言すれば、この国の近代の病巣にふれる知性の側面であり、近代化の衣装のうら側にたえずあいくちのように温存されてきた、いわば近代以前の闇と微妙にふれあう何かであろう。その闇をどこまでもつきすすんでいけば、恐らく人はこの国の風土的陰湿以上に、そのような風土をむしろ格好な培養基として生き長らえてきたふしぎな精神の構造につきあたっていたはずである。詩人はそれを見ただろうか？　ぼくにはわからない。少なくともその片鱗をも伝える材料は何もないからなのだが、詩集の最後に収められている「あるるかんの死」は、いわば森川義信という詩人の「隠れた顔」をかいまみた鮎川信夫の文章を、そっとつぶして囲繞してしまうほどにも美しくやるせない作品である。

眠れ　やはらかに青む化粧鏡のまへで
もはやおまへのために鼓動する音はなく
あの帽子の尖塔もしぼみ
煌めく七色の床は消えた
哀しく魂の溶けてゆくなかでは
とび歩く軽い足どりも
不意に身をひるがへすこともあるまい
にじんだ頬紅のほとりから血のいろが失せて
疲れのやうに羞んだまま
おまへは何も語らない
あるるかんよ
空しい喝采を想ひださぬがいい
いつまでも耳や肩にのこるものが
あつただらうか
眠るがいい
やはらかに青む化粧鏡のなかに
死んだおまへの姿を

誰かがぢつと見てゐるだらう

「ぢつと見てゐる」のがだれであれ、このような詩をかいたとき、森川義信は自ら選ぶようにして死地へ赴かざるをえなかったというべきだろう。

作品「勾配」を「荒地的な『問い』に対する見事な解答であった」とみなした鮎川信夫が、戦後的現実のなかで「死んだ男」の記憶にむちうたれるようにして、その「問い」を展開していったことは周知のとおりだ。しかしまた、こういう見方も成り立たないことはないだろう。詩人森川義信を鮎川信夫が個人的にとりこむことによって、戦後詩の世界で果してきた「荒地」の役割の大きさにもかかわらず（あるいはそれゆえに）森川義信の存在そのものはあまり明晰ならざる「荒地的な『問い』」の倫理性に閉じこめられてしまったのではないかと……。ぼくは鮎川信夫を非難しているわけではない。

森川義信の存在は、鮎川信夫によってしか語れないだろうし、事実そうなのだが、しかし森川義信の挫折が戦後的現実のなかでどのように超克されてきたかというようなことを考えてみるとき、「荒地」が強引に排斥した世界に、森川義信の切り捨てられたもう一つの顔があるような気がして仕方がないのである。これは憶測ではあっても洞察というものではないかもしれない。ぼくは森川義信という一人の詩人のなかにもまた、端的に観察される詩（作品）と詩人（作者）の乖離といった事実を、この詩人が生きた時代の不幸ともども、戦後詩の延長線上で猖獗をきわめている今日的詩の状況をさしつらぬくようにして、思い及ばないではいられないという気がするのである。恐らく森川義信の挫折は、戦後詩の華やかな展開にもかかわらず、まだほとんど超克されていないのではないかというのが率直な印象だ。

かつて三鷹駅近いレストランの二階のアパート四・五畳でぼんやりしていた頃、突然闇のなかから現われた一人の男、谷口利男はそのときすでに発刊していた雑誌「かいえ」(注)創刊号(43年12月刊)の「夭逝の系譜——森川義信」というエッセーのなかで、作品「勾配」を引用して、こう論じている。

「なぜ、何によって、彼は現存体制の言語感覚を破壊してまで自己の歩みを守らねばならなかったか? それは一方においては『家』にまつわる『負い目』の自覚であり、他方ではその罪の意識がもたらすところの呪われた自己規定である。思うに彼の場合にも、精神は彼岸の彼方に招来されることを待望しながらも、常に論理化されない肉体によって未分化なままの日常の方へ引き戻されるといった近代詩の直面したジレンマは、同様に強く働いていたと見ていいであろう。しかし『負い目』の実体が何であったかはここでは問わないことにしよう。それを扱うことが本稿に与えられた主要な役割ではないし、仮りにこの仕事をよく成し得たとしても、余りに問題が拡がり過ぎるからである。ぼくたちはわずかに残された彼の詩のなかに〈時空をこえて〉存在する真摯な魂の在りかをたしかめて十分としなければならない」

恐らくは大論文に及んだであろう「鮎川信夫論」の「序文」として谷口は森川を論じているのだが、こういう論を読むと、ぼくは手がなえて何もかけない気持ちになってしまう。森川義信の全貌は、ぼくの雑文よりも、谷口利男という若年の詩人のこの文章のなかに十二分に表現されているだろう。まさに戦後詩の展開は「近代詩の直面したジレンマ」の克服以外の何ものでもなかったはずなのである。

『森川義信詩集』の作品の配列によれば、「勾配」から「あるるかんの死」までの間に七篇の詩が収められている。その配列順に題名をあげれば「眠り」「壁」「廃園《断片》」「廃園」「虚しい街」「哀歌」「断章」というふうになっている。そしてこれら七篇の作品は、大雑把にみて二つの系統に分かれており、一つが「廃園」とその異稿群としての「眠り」と「廃園《断片》」であり、いま一つが「壁」あるいは「虚しい街」とその異稿群、というよりも「勾配」そのものの異稿群としての「壁」「虚しい街」の系列である。これらの作品はほとんど同時的にかかれたであろうと思われ、それぞれがからみあって「哀歌」になり、断片的な「断章」をへて最終作「あるるかんの死」へと展開していったと考えられる。「あるるかんの死」はすでに引用したとおりだが、そこへ至るプロセスに残された「廃園」という作品もまた、森川義信の悲哀を伝えてあまりある佳篇である。はっきりしていることは、「あるるかんの死」においてもみられることだが、「勾配」という作品を支えている一種のパセティックな言語表現は完全に姿を消してしまい、ただ自己の挫折に対する詠歎があるばかりである。それは鮎川の「死んだ男」の詠歎と微妙に呼応しあっているかもしれない。そしてたとえば、

どうして倒れるやうに
生命の侘しい地方へかへつて来たのか

――「廃園」部分

というような詩句にであうと、ぼくはぼく自身が生れ育った同じ風土を一種いいようのない悲哀をもって思わないではいられない。まことにそこは「生命の侘しい地方」であって、近代詩というよりも、一般に近代的知性がつねに直面せざるをえなかった病巣としての地方であろう。この病巣は狂気によってもあがなうことはできないだろう。だが詩（作品）と詩人（作者）の乖離、そこにしか屹立しえない詩的真実をつきつけられてタカをくくっていられるほど、ぼくはぼく自身にも、この国の精神風土にも希望をもっていない。ふり返ればふり返るほど、掘りおこせば掘りおこすほど鬱屈してくるというのがほんとうだ。といって「何も語らない」で「眠る」わけにもいかないのである。

一年ほど前に母岩社から『森川義信詩集』が出版されたとき、ぼくは高松の十国修氏に何年か前にはじめて会ったときの冴えない会話を思いだしていた。「香川県はあまり詩人の育たない風土だけれども、(それは山脈の向う側の高知県などの話にふれながらだった)それでも秀れた二人の詩人がいる、その一人が森川義信で、あと一人が衣更着信だ」と十国修はいったのだった。そしてまたこうもいった。「森川義信が県の西端の寒村で育ったのに対し、衣更着信は県の東端の僻村に生を受けている。詩人というものは、土地の貧しい所に生を受けるものかもしれない」と……。

確かトインビーに辺境文化論という説があったと記憶するが、狭い日本の中でも、香川県のような最も面積の狭い県（と戦後教育のなかで教えられた）においてさえも、そのような歴史観が生きているということに、ぼくは感銘を受けたものだった。それは一人の詩人の感受性の成長と切っても切れない見解というべきであって、詩人というものは、ともかく、最も深く自らの辺境に執着しつづける存在ということができるかもしれない。

（注）詩誌「かいえ」は、谷口利男によって一九六六年十二月創刊。第五号（一九七〇年四月）で廃刊。ぼくは第五号だけ参加した（なお、谷口利男は一九七九年一月、三十一歳で事故死。遺稿集『攻防』が一九八〇年二月、七月堂から刊行された）。

衣更着信・覚書
——精神の枝

衣更着信は「荒地」の詩人である。
いい意味でも悪い意味でも、この厳然たる事実をまず確認しておきたい。衣更着信を一人の詩人として考えるということは、つまりこの詩人が戦後的出発において「荒地」のグループに所属していたということを抜きにしては、ほとんど意味がない。それは、この詩人が「荒地」的発想を根拠にしていたかどうかということとはあまり関係がないのだ。むしろ「荒地」という「無名にして共同なる世界」にいかに触れ、いかに離れていたかといったことに、問題の要点は存在するにちがいないのである。

というのも、「荒地」と一言でいってみたばあい、だれもが思うことはその極端な都会的性格であろう。それも大阪や京都ではなく、まさに近代日本の地獄図としての大都会東京を常住座臥の地とした一群の詩人たちの総称であったのである。そしてそのような性格をもっとも顕著に体現しているのは、たぶん田村隆一であろう。そして鮎川信夫、北村太郎、三好豊一郎といった詩人たち……。

すると衣更着信が一地方、香川県のそれも東端に属する小漁村に、その戦後的出発の時期から今日まで生きついできた詩人であったということは、かなり重要なことだと思われる。なぜ詩人が大都会東京の牽引をふりきって郷里の一地方に在住したのか、その真意はわからない。単純にいって、それは病身なこの詩人の肉体的健康のいかんによるものであっただろうというのが一番当を得ているかもしれない。そのへんのことは、詩人の作品によってでも検証できるにちがいない。

ふり返って左の肩ごしに新月を見た
光のない　色だけのかたむいた弧にさえ
ぼくは祈る　さいわいはぼくらの上にあれ
一条の幸運なと　ぼくらの前に射せ

ふり返って左の肩ごしに新月を見た
その目は　あるいは似ていたかもしれぬ
弱い動物のもつ　かなしい被害者の目に
一条の幸運なと　この目の前に射せ

紺の海の上に落ちかかる雲の不吉なかたち

皮膚の熱をうばって吹く風のながれ
ぼくらを捉えた無言の威しよ　去れ

ぼくらの胸の　ぼくらのかなしみをいとおしめ
とおい国の歌もおもい出してうたおう
勤労は夕べにまでいたる　旅は冬に終る

『衣更着信詩集』（思潮社一九六八）の冒頭にある「左の肩ごしに新月を見た」という題のこのソネット形式の詩は、ある意味でこの詩人の詩的出発の原点とでもいうべきものをあますところなく表現しているように思われる（これについては以前「詩研究」にかいた私の小文「雑感として」のなかでふれたことがある）。

私は正直いって、衣更着信という詩人を久しくどう考えていいかわからなかった。その詩的テクニックの巧みさや、抑制のきいた理性の光りをどう把握していいのかわからなかった。この詩人のその言葉の折り目正しさに、むしろ本能的に反発したというのが実情である。いってみれば、私が戦後詩に接した頃に最初に私を魅了した詩人たちが、旧「ユリイカ」の周辺にいた第三の詩人たちであって「荒地」の詩人たちではなかったということにそれは尽きると思うのだ。つまり、私の詩的感性の所在が「荒地的発想」になじめなかかったということであろう。なぜか？　うまく説明はできないが、要するに戦後教育の落し子である私が、「荒地」の諸詩篇を色濃くおおっている戦時体験に、本能的に抵抗したせいだったのだ。それは別言すれば、敗戦という歴史的破局に集約されるこの国の不幸な近代のおもかげでもあった。少年時、映画教室といっては「日本かく敗れたり」式の半記録映画を厭というほど見せつけられたものだ。映画のなかで、日本は必ず文明劣等国として敗北することを運命づけられていた。そして日本人は四等国民だ、お前らは四等国民のガキなんだといったことを、共産党のシンパである教師から口ぎたなくいわれたりしたのだった。逆に、戦前の日本人は一等国民で、中国や南方へいくと黙っていても汽車は一等の切符をくれたものだ、といったものも……。

戦後教育とは何だったのか？

よくわからないが、戦前の日本が驀進してきた近代国家の体質を、教育面から問い直された時代だったのだと思う。彼ら悪しき近代の流竄者たちは、戦後民主主義という外側からおしつけられた無思想性のなかで、新しい教育理念を模索しあぐねて、わけがわからなかったということだろう。かつての民族的優越感のかわりに民族的劣等感が、ピラミッド型の精神主義のかわりに画一的な自由放任が、アブクのようにふつふつわいたということだったのだ。

私には彼ら大人たちの自信喪失がよくわかった。子供心に身につまされたといっていいかもしれない。例えば、世界地図の教科書のなかにあった日本の産業や貿易状態を示す図面などに、彼らの劣等感を証明せずにはおかない事例を数多く発見したのだった。日本の資源の豊かさや輸出超過を示す図面はほとんどなかった。皆無といっていいくらいだった。微々たる生産力と厖大な輸入超過、それはこの国がまぎれもない四等劣等国であることの証拠だったのだ。私は彼らの教育に一度も熱中したことがなかったように思う。中学に入ると同時に私はぐれてしまい、やがて己れを取りまいている全てに憎悪を抱いて、口数の少ない不機嫌な少年になった。わずかに読書に慰めを見いだし、性的妄想にふける少年期、これが私の《生》の出発点だったのだ。己れから逃げだすことばかり考えていた。この悪しき風土から逃げだすことばかりを……。

衣更着信がその青春期を明治学院の学生として東京で過ごしたことは、重要なことであった。詩人と「荒地」との結びつきは、この時期にすでにはじまっていたわけだ。その頃の詩人を知るために、古い「詩研究」（18号・一九五五年三月刊）の「森川義信特集」から、その一文「森川義信のこと」を紹介しよう。

「同郷人であり乍ら森川と始めて逢ったのは東京でであった。森川の生家の粟井は香川県のほぼ西端、僕の家のある白鳥はその東端だから、いくら小県といっても中学生では逢う機会がなかった。後年、東京で親しくなってのち、兵隊に行く前の彼に高松で逢ったのが故郷で彼に逢った唯一の経験で、又それが最後に彼を見た時になって了った。

僕たちが中学生であった昭和十一、二年頃、讃岐の殿様であった松平伯の援助で在京の学生達を収容する寮が染井にあったが、そこから出ていた『学友』という雑誌が田舎の文学少年達の腕の見せ場であった。（略）彼は僕より年上であったらしく、先に東京へ出たが、東京で始めて逢った時、『俺が「学友」で活躍したのを知ってるだろう』と云ってニヤニヤと笑った。僕も詩を書いたり俳句を書いたりして活躍した一人なので、二人にだけ通ずる笑いをニヤニヤした。（略）その頃、青春雑誌と銘うって文学青年を集めていた雑誌の『若草』の投書欄の入賞作品を編集した『若草詩歌集』が出た時、鈴しのぶというペンネームでかいた彼の小曲が数篇入ったが、こんなことも彼は平気で皆に披露した。『あの本の中に入っている小曲の中では俺のが一番いい』などと放言していたが、本当にこの種のものをかいても、彼は実にうまいと思った。けれども青春客気の衒ひもあって、エリオットやヴァレリィや、コクトオ、エリュアルなどを特に難かしい顔をして論じていた仲間達の中で、とてもこういうことを持ち出す元気は彼以外にはあるまいと思われた。こんな風なこだわらぬ、開けっぴろげの明るさや、健康な野性は詩をかく仲間には非常に少なかったので、例えば鮎川信夫の彼への傾倒の仕方の中には、純粋な都会人の鮎川の自分に無いもの《(ママ)》対する驚きも多少は手伝っているのではなかろうか。中桐雅夫や僕達で始めた雑誌ＬＵＮＡに香川県の山川章というのが入ったと中桐が云って来たが、それが森川であった。（略）とにかく田舎の中学を出て上京したときは、森川は肋膜炎で仙台の病院に入っていて、留守居役の鮎川に逢ったが、その口ぶりから彼等の間の友情の並々ならぬのを悟った。森川のそれ迄の叙情的な作風が、何かの号から主知的な詩に変った時に、鮎川が嬉し相にそれを指摘して、期待に満ちた口調で語った晩のことも忘れない。彼の傑作と云われる「勾配」や「衢にて」の作られたのはそのずっと後に属する。彼と始めて逢ったのは、その頃、ＬＵＮＡの同人達が合評会によく使用していた新宿の帝都座うらにあった喫茶店ＮＯＶＡの二階であったような気がする。せまい昇り難い階段を上ると、もうもうとこもったタバコの煙の向うの一番遠い席から、誰かから注意されたらしい彼が、片手を高く揚げて大きな声で呼んで呉れた。その時の人なつっこい笑っている彼の顔は、その後、何時逢っても変らぬ彼の表情であった。

　僕らは故郷の話をしたことはなかった。二人っきりになる事も滅多になかったし逢えば又詩の話をするのに忙しかった。『俺も勉強してるんだぞ』と云って舟橋雄の『英語聖書鈔』を出して見せたりした。エリオットの『荒地』は其の後、第一次の雑誌

『荒地』に彼や鮎川や冬村克彦?が共訳したのが本邦初訳ではなかろうか。昭和十五年の夏の終りに、入営を控えた彼と打合わせて高松で逢った。三越の前で待っていると彼は浴衣を着てカンカン帽で丸亀町の通りをやって来た。相変らず元気で日焦けしていた。僕は病気で学校を休学することを考えていた。彼はドイツの詩人の小型本を持っていた。僕は僕のレントゲン写真を持っていた。記念道路にあった紫烟荘でサーディンのサンドイッチを空腹だと云って彼は大量に食べた。兵隊から帰ったら小説を書くのだと何度も云っていた。僕は彼に何時までも詩人として居て貰いたかったので大いに淋しい気がした。しかしあの馬力と才能で小説を書けば立派に小説も書けるだろうと思われた（略）。その時、彼はかなり田舎の生活の話をした。絵や小説の話はともかく、毎日川へ泳ぎに行って村の青年達の角力をとる話に至っては、田舎に住み乍ら未だに田舎に馴染まぬ様な生活をしている自分には羨しい様な健康さがあった。高松から東と西に別れるのであるが、彼は汽車の時間の都合で映画を見に行くと云って当時玉藻座と云った東宝劇場へ入って行った。それが彼を見た最後になった。彼はとうとう詩人として死んだ。彼の戦死の公報が写真入りで新聞の地方版に出た時、僕はまだ病気の続きを病んでいたが、暫らく見なかった熱を出した」

森川義信――この永遠の魂の詩人と衣更着信が、その詩的出発の時点においてこういうふうに結びついていたということは重要なことだ。ここに描かれた森川像はすでに鮎川信夫によって描かれたそれとは若干隔たりがあるようだ。確かに「鮎川信夫の彼への傾倒の仕方の中には、純粋な都会人の鮎川の自分に無いもの対《(ママ)》する驚きも多少は手伝ってい」たかもしれない。

「詩研究」の同号には、鮎川自身「暗い青春――森川義信の思出」というかなしみと友情にあふれた文章をよせている。そこにいる森川は、鮎川の目に映ったもう一人の詩人のイメージである。それは鮎川信夫の詩的青春のなかで悩み苦しみ、そして戦死した不幸な仲間のイメージであろう。しかし衣更着信によって捉えられた森川は、詩人である以上に地方出身の奔放な文学的空想家、悪くいえば野心家といったイメージが強い。そこにいるのは生な人間としての森川であって、詩作を天職と決意した人間の姿ではないようだ。

衣更着信は、幸か不幸かその病身ゆえに、実際に戦場にとられるということはなかっただろうと私は推測する。それはある意味では、詩人にとって一つの負い目になったかもしれない。とすると、詩人が戦後ずっと郷里の香川県という一地方に在住したことは、当然その病身という具体的な事実をこえて、この詩人の負い目に対する個人的な責任の取り方だったとも考えられなくはないだろう。詩人の歌い口の静けさ、どこか繊細な翳りを秘めたその表現の抑制と格調といったものも、またそのような詩人の感性の所在と無縁ではなかったのだ。

ものごとは、その当事者よりも第三者によってより正確に把握されるということはたぶん真実である。衣更着信が、鮎川と森川の関係のなかに何も見なかったとはいえないだろう。あるいは単に、彼らの「友情の並々ならぬ」ものに対する単純な羨望の感情にすぎなかったかもしれない。しかし「彼の戦死の公報が写真入りで新聞の地方版に出た時、僕はまだ病気の続きを病んでいたが、暫らく見なかった熱を出した」という詩人の脳裡をよぎったものは、ただ「あの馬力と才能で小説を書けば立派に小説も書け」ただろうにといった素朴な哀惜の情を多分にこえていただろうと思う。詩人は彼らの「並々ならぬ」友情のなかに、また戦争という時代の暴力とふれあうようにして存在していただろう青春という人間関係の地獄（といえば少し大げさかもしれないが）をも垣間みていたに相違ないのである。もし詩人が何がしかの負い目を時代に対して感じることがあったにしても、そのことによって詩人の思いはいくぶんかでも相殺されていただろうと考えることは、恐らく考えすぎではないだろうと思うのだ。

このようにみてくると、最初にあげた「左の肩ごしに新月を見た」という奇妙な題名の詩は、じつにさまざまな含蓄を秘めているという気がする。そこには「勤労は夕べにまでいたる」という詩篇のエピグラムが添えてあるわけだが、このエピグラムをくりかえし使った最終行「勤労は夕べにまでいたる　旅は冬に終る」という表現も、詩人の戦後的出発の所在を明示したものと考えるべきだろう。それは詩人にとっての詩的青春への訣別であり、戦争という「冬」の時代の終焉に対する自己確認であったのだというように……。

この不思議なともいえる題名は、香川県という一地方をその詩的ローカリティとして甘受した詩人の心の屈折を如実に現わしていないだろうか？ 私の『衣更着信詩集』に対する最初のとまどいは、何よりもこの冒頭の作品の題名の奇妙さに対するとまどいでもあったのだが、そこにこめられた感性の所在がこのように解明されてみると（むろんこれは私の独断にすぎないかもしれないのだが）それは衣更着信という「荒地」の詩人の、詩的倫理の表明だったのだということがわかるのだ。

「新月」とは詩人が生きついできた戦争の時代の別称であると同時に、そのような時代をくぐって戦後的出発へ「いくつもの道」（「勾配」）を形成していくべく運命づけられた「荒地」そのものの表現でもあっただろう。これを衣更着信が一地方から東京の「荒地」の詩人たちへ送った熱いメッセージとして読むことは、あながちまちがいではないはずだ。詩人はこの詩を書くことによって、いわば「荒地」の「無名にして共同なる世界」の正当な一員としてその位置を保証されたのであり、彼らとともに戦後的な出発を共有することができたのであった。

「ある人間が生れてから最後の呼吸が絶えるまでには、まぎれもなくその人間は、いわば主体的に存在している。奇妙な時間の流れから外れて極めて孤独に、完全な意味に於てこの上もなく全的な孤独のうちに、彼は存在している。どうにもならない自意識が、あらゆる哲学的、観念的解釈を拒絶して、おそらくは人類の消滅するまで、無限の可能性を創りだす個の倉庫として存在する。あらゆる不明確性も、すべての思想体系も、換言すれば人間に属する最高の美徳から最下劣の悪徳に至るまで、精神の全運動がそこから生れ、そこで死ぬ。そしてそういう精神の唯一の特徴は持続性ということだ。僕は持続性というものを考えれば考えるほど、時間という観念が不必要に、そして有害でさえあるように思われる。つまり時間という観念ほど非人間的な観念はないと思うのだ。無数の反駁と失笑の声が聴えるような気がするが、僕はもし人間が作り出した言葉のうちで、最も下らない言葉をあげろ、といわれたら、躊躇なく時間をあげたい。持続性という言葉のうちには、当然時間という観念が含まれているにちがいないと人は考えるかも知れないが、僕はむしろ、時間と反抗しあっているものを感じ、そしてそういうものだと信じている。精神、ある個人のうちにある自意識、その持続性と時間とはいったいどんな関係があるのだろうか。おそらく全く別のものだ。持続性と主体とは決して分離して考えられるものではないが時間と主体性は実にはっきりと異ったものとして考えうるのだ。いわば主体の外側に、まるで関係なく時間というものがある。まるで関係がないというのは、それが何であっても構わぬということだ。あるいはそれは神であるかも知れない。そして奇妙なことに、それは空間であってもすこしもおかしくはないのだ。とにかく神、またはそれに類似したもので、人間とは別の面にあるものだ。僕がさきにこれほど非人間的な観念はないといった所以である。いかに多くの人間がこの有害な毒のために無数の誤謬のうちに己れの思想を歪曲して死んでいったか！　いかに時間という観念が詭弁を正当化するに与って力あったか！　僕はその害毒の果てるところを知らない。そして実に奇怪至極なことに、人間が主体的に持続性を有しているにも拘らず、自己を欺いたり、他人の眼を眩ますときに限って、時間をまるで最強の味方のように引っぱり出してくるのだ」

この北村太郎の「空白はあったか」というエッセーのなかで述べられていることは、戦争という未曽有の個別的体験を、いかに普遍的な経験として組織化しなければならないかを、詩人の明晰な直観が洞察したものである。事理をわきまえた人間が事理のわからない連中を恫喝しているようなところがあって、私自身その不明を指摘された感じで、頭のいい人間とはたぶんこういう文章を書く人のことをいうんだな、などと思ったりしたものだが、それにしてもこの文章は、何と衣更着信という詩人のイメージを彷彿させることだろう！　ここに述べられている「主体的な存在」は北村太郎という「荒地」のなかでも「目立つことのすくない、他者からは見えにくい」（鮎川信夫）詩人の姿である以上に、いわば「荒地」の辺境を一身に体現してきた衣更着信という、もう一人の詩人を語って余りあると私は思うのだ（因みに『衣更着信詩集』の「解説」は北村太郎がかいている）。「荒地」の辺境……！　吉本隆明や石原吉郎のような詩人たちも、ある意味では「荒地」の辺境を一身に体現している詩人たちである、といえばひんしゅくをかうかもしれない。しかし吉本隆明のラジカリズム、石原吉郎の宗教的断念を恐らく最終的に支えているものは、「無名にして共同なる世界」の一員という既成のいかなる秩序にも与しない反イデオロジカルな態度である。彼らのどこをさがしても独断的な思い上りがないということ。この近代詩系の詩人たちを席巻した無思想な感傷の拒絶、「荒地」の「いくつもの道」は、すべてそのような「無名にして共同なる世界」という苛酷なまでに倫理的な態度のなかに集約されていくようだ。

戦前のモダニズムの否定、鮎川信夫が「現代詩とは何か」のなかで熱っぽく展開したものは、このようにして近代詩系にあふれた無思想な感傷的思い上りの否定でもなければならなかった。そこには多分に、悪しき精神主義に通じる近代詩人たちへの憎悪もこめられていただろう。憤死した森川義信への鮎川信夫の共感や反発も、批評家鮎川の究極的な倫理的態度といったものを軸にすえると、また別の意味をもってくるようだ。軍隊という悪しき体験主義者の巣窟をくぐることによって、鮎川の強靱な倫理性は必然的に「無名にして共同なる世界」という普遍的な経験の領野へ解き放たれるものであったのだ。

私は私自身に引きつけすぎて、このとらえどころのない大詩人を解釈しすぎているかもしれない。しかし例えば北村太郎が前掲の文章のあとで――「僕は二十代の詩人諸君にお訊ねしたい。君たちは昭和六年ごろは小学生だった。十二年ごろは中学生だった。そして、十六年ごろは大学生だった。その時に大戦争が起った。君たちは戦場に行った。そして、二十年の夏に還って来た。その十数年のあいだに、君の詩は、君の存在は、君の精神はブランクだったか。空白はあったか。おそらく若い詩人だった諸君には空白などという馬鹿げた観念は薬にもしたくなかったにちがいない。そんな甘ったれた空白などというものが、もしあったと信ずる詩人がいるとすれば既にその人は詩人失格だ。空白なんてものはどこにもありはしない。僕たちが、僕が、君が、そして個人個人が息も絶えずに存在している限り絶対にない。『悪時代』とか詩の空白時代とか、または思想のブランク時代などというふざけた言葉を信じている詩人は、とりもなおさずその期間に真実の詩人でなかったことを自ら告白しているのだ。いや、そういう個人的な見方ではなく、歴史的、客観的に見ればその期間はたしかにブランクだったのだ、などという反駁は僕には殆ど意味のない言葉の羅列にすぎない。『悪時代』のあいだ孤独への誘いに身を任せず、徒らに愛国詩、辻詩（なんという低俗な名称だろう！）のアンソロジイに名前を連ねた先輩詩人が数多く存在したという事実を僕らは忘れまい」――というように怒りをこめて書きついでいるのを読むと、エセ共同体的な体験亡者どもの精神主義の空白から普遍的な真の共同社会としての経験の構築へという困難な旅程がはっきり浮かびあがってくると思うのだ（鮎川信夫の今日的な態度を現代詩という六〇年代以後に顕著になってきた詩人たちの思い上りに対する抵抗ととることもできないことはないかもしれない）。

そのような意味で衣更着信というこのもう一人の「荒地」の詩人も、右のような文脈のなかで「悪時代」の克服を一身に生きついできた詩人であった。「その十数年のあいだに、君の詩は、君の存在は、君の精神はブランクだったか。空白はあったか。」という北村太郎の問いかけは、この詩人の脳裡にも熱い共感として絶えず吹き荒れていたに相違ないのである。モダニストの一員としての青春の記憶から病身ゆえに強制された「奇妙な時間の流れから外れて極めて孤独に、完全な意味に於てこの上もなく全的な孤独のうちに」存在した「悪時代」の克服……。

難解なあるものを解こうとする無益さは始めから悟っていた
不手ぎわももう心配するほどのものではないではないか
子守歌はいつでも聞える
良心よ　ねむれ　とやさしく歌っている
けれども肉体はねむれない
いつも他の肉体を責めて起きている
時間とはなにか　ねむれない肉体のまわりを過ぎて行く

あの音のない風はなにか
ありもしない才能をあると考えた哀れさは
血管の末梢まで行きわたってしまった
しだいに動脈から固まっていき
いつかはポッキリ折れるときが来るであろう
いっさいに背を向けても
みずからだけは欺くまいとした
あの一本の精神の枝が……！

——「植物」（終連）（傍点筆者）

ここにある諦念と狂気への傾斜は、戦後的出発時点にあった詩人の「全的な孤独」の素顔だ（注1）。それはまた「田舎に住み乍ら未だに田舎に馴染まぬ様な生活をしている」詩人の「二重の追放者」（谷川雁「地方——意識空間として」）としての悲哀だっただろう。つまり「第n＋1番目のイメージ。此方の岸で到達しつくしたイメージの、そのまた影の部分。その部分はついに形象化されることはありえないが、そこへのおれの参加はうたがえないものに思えた。だが、この世から未来へむかって追放されている領域に、おれが入りこんでいるのを認めてくれるのはだれか。それはやはりきみだ。なぜなら、きみはおれをこの世へむかって追放する者だからだ」(同)といった「二重の追放を『地方』の定義として利用」(同)せざるを得ない詩人の素朴な実感でもあった。では詩人にとってそれはどういう「地方」であったのか? 詩人の参加を「認めてくれる」「無名にして共同なる世界」の辺境とは? 記憶の根で一人の死者「きみ」はこんなふうに歌っているのだ。

骨を折る音
その音のなかに
流れる水は乾き
菫色の空は落ちて
石に濡れた額は傾くままに眠つた
みえない推移の重さに
みえない推移の重さに
眼をとぢて凍える半身は
崩れるもの影とともに忘却をまつた
想ひ出せないのか
ゆくひとよ
かつては水の美しい

こりんとの町にゐたことを
いちどゆけばもはや帰れないことを
いつからおまへは覚えたのか
梢ちかく羽ばたく音はなく
背中につつかかる微風は更になく
花の根も枯れてしまつたか
まへにあつた園は荒れ果て
おまへが創つた黄昏のなかには
凭れかかる肩もなく
壊れてゐる家具さへない
そこここの傷痕からあふれる明りも
ただ暗い調和のうちに消えてゐるではないか
どうして倒れるやうに
生命の侘しい地方へかへつて来たのか
骨を折る音
その音とともに
風が立つ　いちぢるしく

おまへのなかから風が立つ
その風は
しびれるやうにわたしを貫いて吹く

——森川義信「廃園」（傍点筆者）

衣更着信も「どうして倒れるやうに／生命の侘しい地方へかへって来たの」か。森川義信から鮎川信夫へという詩的関係の「影の部分」に、こうして衣更着信はその相貌をはっきり現わしてくる。すると森川と最後にあったとき「僕は僕のレントゲン写真を持っていた」という詩人の姿は、まことに象徴的だといわねばならない。詩人は「二重の追放者」として「悪時代」に蹂躙された己れの病める「地方」を、青春のレントゲン写真のかなたへ生きついだのであった。それは「第n＋1番目のイメージ。此方の岸で到達しつくしたイメージの、そのまた影の部分」であり、例えば詩人も谷川雁ふうの悶絶を生きていたかもしれないのである。「おれはただ自分の悶絶を自分の手で風景化しておけばよいのだ」（谷川雁）と……。その思いは谷川雁のような鋭い参加の意識《オルガナイザー》によるアポリアとしてではなくて、「難解なものを解こうとする無益さは始めから悟っていた」という一種の傷ましい諦念によるものだったかもしれない。しかし病める肉体は、結局は実存的イメージでの「此方の岸で到達しつくしたイメージの、そのまた影の部分」へ関わらないではいないだろう。それが詩人という「二重の追放者」の「全的な孤独」の意味であったならば……。こうして「ねむれない肉体」をめぐる時間はけっして主体性と分離されることのない苛酷な「持続性」そのものとして詩人に襲いかかるのだ。

緑の木々はないほうがいい
あってもいじけたやつであって欲しい
荒れた風景が
かえって心を慰めるようになった
かすかに鉱物性のにおいがして
いっさいの感情に反応しない
小山やがけの白茶けた色が
あらゆる光の反映を受けつけないところ
道路だけがりっぱに舗装されていて
にぶく光りながら都市から都市へ
にせの文化とにせの文化をつないでいる

――「かわいた地方」冒頭

ここにあるような「地方」の荒廃、それは「二重の追放者」にとっての現代という「地方」そのものの表情であり、そこにいる「完全な無名」(「無名の人」)の人たちこそ「生命の侘しい地方」へ追放した一人の死者とともに詩人を「この世から未来へむかって追放」する者たちに相違なかったのだ。

ちょうをピンで留めたとき、一つの時間は止ってしまう——。
けれどもそれがすべてではない。岩をよける
渓流のようにほかの時間は流れて行く。
時間は速くもおそくもなる、狭くも広くもなる。
いそげ、いそげ、いそげと見えない声。
けれどすべては地形によるのだ。どうにもならない。

……(中略)……

死者はいつまでも若いと、かわいそうな母親だけが

信じている。藻の浮いた海が
かの女のひとりごとを浸してしまった。
どっと涙のように時間が流れ出す。

独白の真実。だが時間は感傷にかかわらない。
岩をよけて流れて行く。地形はどうにもならない。

――「時間について」

詩人の「時間」とはなにか、「いわば主体の外側に、まるで関係なく」「どっと涙のように」流れだした「時間」とは？　北村太郎はそれをいみじくもこう指摘していた。「あるいはそれは神であるかも知れない。そして奇妙なことに、それは空間であってもすこしもおかしくないのだ」と……。「左の肩ごしに新月を見た」という詩集の冒頭を飾るソネット形式の詩に添えられた詩篇のエピグラムは、こうして新たな意味をおびてくるようだ。じつに衣更着信という詩人にとって「地方」という「時間」は「感傷にかかわらない」「独白の真実」の「空間」である以上に、きわめて実存的な「神」の射影の場でもあったのだ。

汽車はいつもあえいでいる

汽車はわるい石炭で走っている
日がかげってきたと思うと
けむりの中にはいっているのだった
けむりの下には街があった
いくつも連なって　けむい　ほこりっぽい街があった
けむりのかたちがこの地方のかたちをしている
地球の体温から離れて
このむなしいかたちは漂う
灯のない街
花のない窓
灰をかぶった道
緑を失った草
支えられた木
汽車はあえぎながら駅から駅をつなぐ
汽車は止められない速力で走っている
吐きけで目がくらんで
汽車はさらに次の駅へ向う

けむりの上に十字架のかたちが落ちている
汽車の目はあらぬ方を見ている

——「はりつけ」

私は思うのだが、近代詩系の詩人たちを支えた一つの根に彼らの奇妙なキリスト教体験があったことは自明である。過激なクリスチャンとして夭折した透谷や抒情詩の行方を病的なまでに追求しようとして果てた朔太郎を除けば、恐らくだれ一人その体験を真の詩的経験に組織化した詩人はいなかったのではないか？　彼らにとって、それは時代の選良たる資格ではあっても、この国の近代をうつ武器とはならなかった。しかし戦争という「悪時代」を経験した詩人にとっては、もはやキリスト教体験はけっして選良の資格でもなければ免罪符でもなかっただろう。むしろ「悪時代」における狂い咲きの花であり、詩人が強制された《生》の究極の実存的な自由の倫理であったのだ。この「奇妙な」「空間」で「あらぬ方を見ている」詩人の目……。

玉ねぎは金色だ
小麦も金色だ
つけ物も金色だ　だれもそこいらにいない

久しぶりにしあわせな気持がしてきた
おもやがとても遠くに見える
なにもない黄いろい中庭が海のように見える
なにもかもが静かでなにもかもがじっとしている

――「納屋にて」から

「海の詩を書くことはわたしにとってホームグラウンドで戦うようなものだ。手なれた球を次から次へとくり出すことができる」（北村太郎の「解説」の引用から）という詩人がみた「地方」はまた、このようにも美しく光る「中庭」のような瀬戸内の「海」でありなにもかもが静かでなにもかもがじっとしている」世界であった。そしてそれはついに森川義信によっては発見されなかった「地方」でもあったのだ。つまり「時空をこえて屹立」（勾配）する魂ではなくて、「狂気の寸前／――せっぱつまったところで」（「室内楽」）「はりつけ」になっている「一本の精神の枝」……。

水平の流血
うすめられた夕焼け
時間はひとたび死に、そして再び誕生して来るとしたら

一歩も動かぬ、この瞬間の美しさは無比である
無遠慮な休止
そして、非凡な調べのために

——「室内楽」から

このような類いないテクニシャンとしての詩人の素顔は、秀作「とびうおの歌」をはじめとしていくらでも散見することができるだろう。例えば、朔太郎によって象徴される近代詩系の詩の残光のかなたに（つまり近代詩の「レントゲン写真」のかなたにとでもいうべきか?）「荒地」の詩人ではないもう一人の詩人として衣更着信をおくことも不可能ではないのだ。「時間はひとたび死に、そして再び誕生して来るとしたら」……。「一歩も動かぬ、この瞬間の美しさは無比である」という「無比」の姿は、恐らく衣更着信という「荒地」の辺境を「全的な孤独のうちに」生きついできた詩人自身の姿でもなければならなかった。詩人が西脇順三郎などに寄せる根深い関心もけっしてふしぎではない（注2）。

あらい石の膚にこぼされた
水がすばやくしみわたる
幾秒かが積み重なって

学者たちが好きな歴史ができる
石はみごとに砕けていく

横たわった石像のなかから
いくつかの柔らかい像が起きあがって
死んだ像をむち打つ
それはわめかない
永遠に死んでいたいために

わるい世界の
不きげんな年
そして残酷な月の
変りやすい空
食っ欠いても食っ欠いても血が残る
その血が核までしみないうちに
とうとうおれは血だらけのりんごを食ってしまった

――「血だらけのりんご」

「歴史」の虚妄のはてに「血だらけのりんごを食ってしまった」という詩人の世界、「わるい世界の／不きげんな年／そして残酷な月の／変りやすい空」という「影の領域」としての詩人の「ローカリティ」、その抒情はあくまでも内省的であり、頑なに自己抑制的だ。当初それは「弱い動物のもつ　かなしい被害者の目に」「あるいは似ていたかもしれ」ないが、しかしそれゆえにこそ、いまひるがえってわれわれの時代をうつ確かな詩（現代詩）として実在しているというべきであろう。

（注1）例えばこの詩人の狂気は「スウィフト」のような作品にもっとも端的に表現されていると思う。「ジョナサンよ／七月のあさがおがかきねをよじ昇るように／そしてまたそのつるにるこうそうがからむように／あなたのエネルギーを伸ばすには／あなたはなにかにからみつかねばならない」とうたい「思慮ある人は人のうえに立たぬ／もっとも思慮ある人は最後には狂う」とうたいきるとき、私は詩人がスウィフトというある意味では狂気の権化のような人間の内面をくぐることによって、はからずも自己浄化《カタルシス》を全うしたのだという気がする。

（注2）「東京の休日」（「詩学」昭和三十四年十一月号）という一文のなかでこう書いている。「北村太郎には離京の前日、新聞社へ電話したが、かれ休みで会えない。かれに会うのと、世田谷の女子大で西脇順三郎教授の「現代の英文学」という講義（または雑談）を聞くのと、渋谷の露路にある洋書店の古本屋でミステリを買いこむのとが、今度の旅のハイライトなのに」

吉岡 実・覚書

——くずれてゆく時間の袋

吉岡実の詩について思いをめぐらすとはどういうことなのか？　よくわからないながら永年の読者の一人として気づいたことを断片的に書きとめてみたい。

現代詩文庫『吉岡実詩集』（思潮社）をめくっていて最初に気づいたことは「挽歌」という二つの作品の径庭である。一つは最初の詩集『液体』の冒頭を飾る「挽歌」であり、もう一つは詩集『静物』にある「挽歌」である。

洋灯は消え
頭骸をつき出る
錆びたフォークの尖に
一匹の狐がめざめた
それは医者のにぎる
北十字星よりも
距離を冷たく

呼吸管へ起伏し
ぬれた夕刊紙でつつまれ
少年たちは饒舌に
よごれた食器の中で
翼を焚き
落葉へかさなって
ながれてしまう

これは『液体』の「挽歌」である。詩集『液体』は、入隊後上梓されたということであるから、この作品は詩人の入隊前夜のものといっていいであろう。同じ頃（注1）、断片的に詩を書き、わずかな作品を残して南方で憤死した森川義信の詩と比べると、けっしてうまい作品とはいえないだろう。森川義信の詩の透明な論理性は最初から吉岡実にはなかったように思われる。端的にいえば、これは同時代のモダニズムの悪例の一つといっても過言ではないかもしれない。

森川義信が余りの透明な明晰さゆえに憤死したとすれば、吉岡実はその不透明な屈折を生きのびたのだ。しかしこれは、吉岡実の劣性ではなくて、吉岡実というきわめて戦後的な詩人の資質でもあったのだ。吉岡実の詩にいわれる通俗的な意味での難解さは、この詩人の基底にある言語感覚の非論理性に負うところが少なくないと思われる。
詩集『静物』のなかの「挽歌」はどうか?

わたしが水死人であり
ひとつの個の
くずれてゆく時間の袋であるということを
今だれが確証するだろう
永い沈みの時
永い旅の末
太陽もなく
夕焼の雲もとばず
まちかどの恋びとのささやきも聴かない

かたちのないわたしの口がつぶやく
むなしいわたしの声の泡
かたちのないわたしの眼がみる
星のようにおびただしいくらげのしずしずのぼってゆくのを

かすかに点じられた
微粒のくらげの眼
沈んでゆくわたしの荷を
いっせいに一瞥する
それにはおそろしく沈黙の年月があるように思われた

わたしの死の証人たち
それはくらげのむれなのか
やたらにわたしの恥部をなでる
海の藻の類の触手なのか
わたしをうけ入れるために
ひとつの場所を設定する
もっと深く
もっとはるかな暗みへ置かれる
水平な岩であるのか

地上から届けられた荷

すっかり中味をぬきとられた袋の周辺では
おおくの世界
おおくの過去と未来
おおくの生の過剰と貧困
それらすべてを跨いでくる
ひとつの死の大きさ
そのしずかな全体

腐れかかった半身をひきずって
幾千種の魚が游泳する

詩集『静物』は一九五五年に私家版で上梓されたものである。ということは、戦後十年間の成果の集成ということになるのだが、それは詩集『液体』からすれば、約十五年におよぶ歳月の産物でもあった。そしてこの段階では、詩人はほとんど無名であったということ、それだけではなく、詩集『静物』を上梓した段階で、詩人はもう詩作を止めていたかもしれないということ（「ユリイカ・吉岡実特集」七三年九月号の大岡信との対談参照）、そのへんの解読が問題になってくるようだ。

戦後の十年、軍隊入隊からの十五年とは吉岡実にとってどういう歳月だったのか。用語法という点からする限りこれら二作の「挽歌」には、さほど変化がないように思われる。正直いってこれは驚くべきことといわねばならない。例えば同時代の日当りを生きた「荒地」の詩人たちの詩が多くのばあい、それぞれの戦時体験の克服をその表現の転回に求めたのに比べても、そのことは特筆に値いすると思われる。それは吉岡実という詩人の資質的な頑固さの証明でもあるのだが、恐らくは詩人の戦時体験がそのような表現を強制したのであっただろう。

吉岡実における水（液体）のイメージについては、すでに天沢退二郎が言及しているとおりである。それは昨今の清水哲男の水のイメージとは全く異質のものだ。清水の水にはどこか辺境の清流といった感情がつきまとうが、吉岡実における水は都会の、それも下町の廃液といった不透明さがつきまとう。そしてそれこそは、吉岡実という詩人が生きついできた戦後詩の裏面史でもあったのだ。

「わたしが水死人であり／ひとつの個の／くずれてゆく時間の袋であるということを／今だれが確証するだろう」と詩人は歌うのである。戦後十年の歳月は吉岡実にとってまことに「くずれてゆく時間の袋であ」っただろう。「永い沈みの時／永い旅の末／太陽もなく／夕焼の雲もとばず／まちかどの恋びとのささやきも聴かない」日々……。こうして水死人のイメージは吉岡実という詩人のイメージに変貌する。かつて「饒舌に／よごれた食器の中で／翼を焚き／落葉へかさなって／ながれてしま」った「少年」は「永い沈みの時」を経て、一人の「水死人」として蘇生したわけだ。まことに「それにはおそろしく沈黙の年月があ」ったのである。

詩集『静物』は、ほかならぬ吉岡実という詩人の戦後史である。それは「会社に忠実な人間」（「吉岡実氏に76の質問」高橋睦郎）として生きてきた詩人の「いい意味で生活の翳が出てい」（同）る詩集でもある。

神も不在の時
いきているものの影もなく
死の臭いものぼらぬ
深い虚脱の夏の正午

――「卵」前半

戦後十年とはまさにこういう時代であったであろう。私自身は、昭和三十二年の早春に大学受験のために生れてはじめて上京するまで、東京という歴史の坩堝について何の知識ももっていなかったのだが、一人の田舎少年がそのとき感受した東京の雰囲気、混沌を許容した解放感こそ、詩人が生きついできた戦後史、「深い虚脱の夏の正午」を追憶のように抱えこんだ敗戦という事実の余香でもあったのだ。
私はいまもはじめて上京したときのことを、遠い霧の彼方からよびおこすようにして思いだすことがある。それは現在の自分に対する微妙な齟齬の感覚となって、私の余生を突きあげたりするのだが、あのとき私が渋谷駅周辺や兄の下宿先があった世田谷のお屋敷町界隈に、淡い郷愁のようにかぎとったものは、いったい何だったのだろう?

密集した圏内から
雲のごときものを引き裂き
粘質のものを氾濫させ
森閑とした場所に
うまれたものがある
ひとつの生を暗示したものがある
塵と光りにみがかれた
一個の卵が大地を占めている

――「卵」後半

一人の復員兵がこう宣言したとき、私はまだ戦後詩の何たるかを全く知らなかった。教養的にかじっていた近代詩（戦前詩）は、私の悲憤のはるか遠くで空虚な感傷をただよわせていた。私は低俗なところからまっすぐ詩をめざしていたとは思うのだが、一方で近代詩にあふれている感傷的な抒情の破片を、この国の陰湿な風土そのもののように憎悪していたのだ。もしそれが詩というものであるならば、私は永遠に詩から閉めだされた余所者にすぎないのだといった思いが。……

私は自分の余りの感傷過多に、ほとほとへきえきしているありさまである。むかしほどではないが、いまでも感傷が過ぎてわれを忘れることがある。近代詩に対する本能的な憎悪は、もしかしたら近親憎悪の類いだったかもしれない。どこかで近代の絶望を郷愁のように抱えこんでいたように思うのだ。私は何に激発されて現在こうしているのか知らないが、いま私は己れの内なる近代に復讐されているような気がして仕方がないのである。

一年後、情操の破綻をくぐるようにして京都へいくのだが、大学入学後、急速に迷いこんだ戦後詩のなかで、私が出会った詩集『僧侶』はその点、感傷的な抒情とは全く異なるものだった。さらに一人の批評家をして「現代詩を読むことはスリルに満ちた冒険だ」（篠田一士）といわしめた詩集『僧侶』の前で、私は長い間呆然と立ちどまったままでいるといえるのかもしれない。

吉岡実の詩の閉塞性は、大岡信も指摘しているとおりである。それは「絶対に他者に向けて発せられた言葉とは言え」（大岡信）ないものであり、大岡信ら遅れてやってきた同時代の詩人たちが、その行手に思いえがいたようなシュルレアリスムの詩とは似ても似つかぬものであった。「幽閉への執拗な願望」（同）を秘めて「『詩はわれわれをどこかへ連れ出さねばならぬ』というのが、シュルレアリストたちの主要な理論のひとつだった。その意味では、吉岡実の詩はわれわれを連れ出さないのである」（同）といった「呪文めいた言葉」（同）の世界。

戦後詩が吉岡実に希望を抱くことは恐らく不可能であった。吉岡実の今日的営為に対する大岡信の驚きは、ほかならぬ吉岡実という全く異質な詩人の力業に対するそれでもあったのだから。

卵のイメージ。内閉的なもののイメージは、詩集『液体』にも全くみられないものではないが、大岡信との対談でも指摘されているとおり、それは詩集『静物』によって突如明確な輪郭を獲得したのである。確かにそれは、造型的なものの手ざわりを好む詩人の気質的な嗜好の産物には相違ないのだが、「神も不在の時」「密集した圏内から／雲のごときものを引き裂き」ながら「一個の卵が大地」に「うまれた」と歌ったとき、詩人は「塵と光りにみがかれた／一個の卵」のなかに己れの体験の構造、「くずれてゆく時間の袋」を密封したのだ。「密集した圏内」とは、詩人自身が立ち会った戦争という異様な時代の別称でもあっただろう。

吉岡実は「わたしの作詩法?」という緊密な文体をもったエッセーのなかで、こう述べている。

「或る人は、わたしの詩を絵画性がある、又は彫刻的であるという。それでわたしはよいと思う。もともとわたしは彫刻家への夢があったから、造型への願望はつよいのである。詩は感情の吐露、自然への同化に向って、水が低きにつくように、ながれてはならないのである。それは、見えるもの、手にふれられるもの、重量があり、空間を占めるもの、実在――を意図してきたからである。だから形態は単純に見えても、多岐な時間の回路を持つ内部構成が必然的に要求される。……」(傍点筆者)

すでに余りにも有名な文章で引用するのに気がひけるくらいだが、しかし見落としてならないのは、これはあくまで詩人の「作詩法」であり、いうならば用心深く言葉を選んで語られた詩作の事後報告にすぎないということである。「わたしの作詩法?」と「?」を付してあるところに詩人の配慮とは若干ずれたところで、何となく後ろめたいものが感じられないだろうか。ここにも詩人の「幽閉への執拗な願望」があるというだけかもしれないが、この何となく自信のない素振りをみせたてらいとでもいうべき感情は、どこからくるのだろうか。

私の推察では、それは「一個の卵」に密閉した「時間」、詩人の「過去」に対する個人的な関わり方なのだという気がするのだ。では詩人の「過去」とはどういうものなのか。

詩集『静物』を色濃く彩っている「おそろしく沈黙の年月があるように思われた」詩人の過去とは？

詩集『静物』の最後尾には、まるで符牒を合わせるかのように「過去」という作品が載っている。

その男はまずほそいくびから料理衣を垂らす
その男には意志がないように過去もない

そうなのだ、詩人は自分には過去がないといっているのである。「おそろしく沈黙の年月」を秘めたまま「水死人」は、もはや死んだものと化して「意志がないように過去もない」と断言するのだ。しかしこの断言は奇妙だ。

もし料理されるものが
一個の便器であっても恐らく
その物体は絶叫するだろう
ただちに家から太陽へ　血をながすだろう

「水死人」は死んだものでありながら、実は死んではいないということだろうか。もし鋭利な刃物で「料理」されれば、たちまち「絶叫」し「太陽へ血をながす」ものなのか。

その男に欠けた
過去を与えるもの
台のうえにうごかぬ赤えいが置かれて在る
斑のある大きなぬるぬるの背中
尾は深く地階へまで垂れているようだ
その向うは冬の雨の屋根ばかり

「冬の雨の屋根」は、そのまま「深い虚脱の夏の正午」(「卵」)に通底しているだろう。この逆説めいた「深い虚脱」！　それはこんなふうに明らかにされるのだ。

その男はすばやく料理衣のうでをまくり
赤えいの生身の腹へ刃物を突き入れる
手応えがない
殺戮において

反応のないことは
手がよごれないということは恐しいことなのだ

詩人の後ろめたさ、「その男には意志もないように過去もない」と断言させた詩人の過去との関わり方は、実は「手応えがない」「殺戮」の体験に対する孤独な猶予の感情であっただろう。そしてそれは「わたしの作詩法?」のなかにある、つぎのような個所と直接結びついていると思われる。

「わたしたち輜重兵は、馬運動と称して、毎日のように、馬にのって遠くの部落まで、高粱畑を越して行った。冬は刈られた高粱が、まさに槍先を揃えて、どこまでも続く。万一にも落馬したら、腹にでも顔にでも突きささるだろう。そんな恐怖感があった」「満州では、満人部落の周辺といわず、曠野に道に、排泄物がちらばっている。もちろん家畜のものもあるが、排泄物こそ彼らの力であるように思えた。極寒の兵舎の厠のぞっとする底で、火山の噴出物のような排泄物の氷った塊の山をつるはしで崩していた満人の見えない顔」「兵隊たちは馬を樹や垣根につなぐと、土造りの暗い家に入って、チャンチュウや卵を求めて飲む。或るものは、木のかげで博打をする。豚の奇妙な屠殺方法に感心する。わたしは、暗いオンドルのかげに黒衣の少女をみた。老いた父へ粥をつくっている。わたしに対して、礼をとるでもなければ、憎悪の眼を向けるでもなく、ただ粟粥をつくる少女に、この世のものとは思われぬ美を感じた」「楊柳の下に、豪華な色彩の柩が放置されているのも、異様な光景だ。ふたをとって覗いて見たらと思ったが、遂に見たことはない。びらんした屍体か、白骨が収まっているのだろう。みどりに芽吹く外景と係りなく、やがて黄塵が吹きすさぶ時がくるのだ」

これが、「いわゆる戦わざる兵隊、しかも全自由を束縛された人間のグロテスクな」（ユリイカの対談）体験の世界だったのだ。どうやら詩人の後ろめたさの淵源は、こうした「戦わざる兵隊」の戦火や死者という実体から遠く離れた「グロテスクな姿」にあったようである。「反抗的でも従順でもない彼ら満人たちにいつも、わたしたちはある種の恐れを抱いていたのではないだろうか」と詩人は回想しているわけだが、この恐怖の体験はまた「満人の見えない顔」や「この世のものとは思われぬ美を」秘めた「少女」あるいは「びらんした屍体か、白骨が収まっている」「豪華な色彩の柩が放置され」た「満州」の恐ろしい異界体験でもあったのである。

異界体験、「手応えがない」「殺戮」の世界、日本帝国軍人という歴史の加害者の一員でありながら、楊柳の下に放置された柩のふたをとって中を覗くこともしなかったという異界体験。確かに「手がよごれないということは恐しいこと」だったのだ。

だがその男は少しずつ力を入れて膜のような空間をひき裂いてゆく

吐きだされるもののない暗い深度
ときどき現われてはうすれてゆく星
仕事が終るとその男はかべから帽子をはずし
戸口から出る
今まで帽子でかくされた部分
恐怖からまもられた釘の個所
そこから充分な時の重さと円みをもった血がおもむろにながれだす

「膜のような空間をひき裂いてゆく」のは「手応えがない」「殺戮」を強制された詩人の憤怒である。こうして詩人は、「暗い深度」から「水死人」となって蘇り、詩集『静物』の「永い沈みの時」を経て、詩集『僧侶』の「充分な時の重さと円みをもった血」の世界へと展開していくのである。

作品「僧侶」は、このような詩人の異界体験の極限的な突出であった。そして作品「死児」は、ほかならぬ「水死人」の正嫡だったということができるだろう。「四人の僧侶」とは、恐らく詩人の分身としての「四人の輜重兵」であり、その戦後的な《生》の構造である。この「四人の僧侶」の世界との確執こそ、元輜重兵、詩人吉岡実の確執でもあったのだ。

それにしても、なぜ吉岡実は「一個の卵」のようなもののなかに執拗に「くずれてゆく時間の袋」を閉じこめたのか？　詩集『静物』にいたる「悪戦苦闘」（ユリイカの対談）はまず何よりもモダニズムの洗礼を受けながら、その本来の培養器たるべき西洋体験とは全く無縁なところで異界体験を強制された詩人の「悪戦苦闘」に相違なかったのである。

戦前のモダニズムについて、私は大した知識をもってはいないけれども、その詩的成果の低劣さによってそれを一蹴することは容易だ。今日的な詩表現とかさねあわせるようにして、もしそれを評価するならば、その時代の詩人たちの不幸な西洋体験であったことは自明である。

近代的貧困から時代そのものが何ほどかの実質を求めて飛躍しようとしてもだえたように、詩人たちもまた、近代詩系の絶望的な知性の世界から突出しようとしてもだえたのではなかったか。それは、時代そのものが不幸な暴発に終わったように、詩人たちの思いもまた不幸な暴発にすぎなかったというべきかもしれない。

この国の近代は、表面の物質的、あるいは少数エリートのエセ教養的近代化から取り残されることによって、ほかならぬ土着的内実を強引に歴史化してきたのだ。天皇制を頂点とする精神構造の根に、日本語そのものの特異な言語構造（漢字と仮名による多孔質な言語思考といった）を垣間見ることはたぶん正当な指摘であった（十国修詩集『みえかくれするひと』の「散文篇」参照)。そして森川義信が突出してみせた明晰な論理性こそは、同時代の西脇順三郎にみられるような近代的知性の鬼子でありながら、実はそのような知性によってはどうしようもない、この国の絶望的な近代と対峙すべくして対峙しえなかった一人の詩人の不幸な暴発の臨床報告だったのではなかったか。

とすると、戦後の「荒地」の詩人たちが、その個人的(同時代的)西洋体験の清算によって戦後詩の方向を指し示したことは、確かに偉大なことであった。鮎川信夫の指し示した方向は(その抜きがたい西洋コンプレックスにもかかわらず)今日的な詩の希望(絶望)の根を、相かわらずむちうっているようだ。……取り残された日本語の信奉者たちこそ、いい面の皮というべきかもしれない。

わたしの死の証人たち
それはくらげのむれなのか
やたらにわたしの恥部をなでる
海の藻の類いの触手なのか

つまり「恥部」とは、吉岡実が強制された戦時体験であると同時に、詩人が生きついだ言語体験でもあったのだろう。詩人が「一個の卵」のなかに密封したものは、日本語(日本人）という経験の構造の「くずれてゆく時間の袋」だったのだ。それはどこかこの国の伝統的な風土のなかで、特異な位置を占めつづけてきた名匠・名工たちの閉鎖的な名人芸の世界に通じる資質的な頑固さの証明でもあった。そして、「地上から届けられた荷」「すっかり中味をぬきとられた袋」とは、このような時代の不運（？）を担って、このとき詩人が直面した言語空間の異称だったといっていいだろう。詩人は近代詩を蚕食した感傷的抒情、多くの場合、浅薄な教養主義と土着的情緒との和合折衷にすぎなかった近代的知性を、徹底的に否定・拒絶する（詩人の用語をかりれば「下痢する」）ことによって、逆にモダニズムで暴発したこの国の不幸な感性の隘路を直系したのである（注2）。

とはいえ、吉岡実が伝統的な職人たちの名人芸と決定的に違っていたことは、これこそ吉岡実という詩人の戦後性であり、すぐれて今日的な態様の根源に相違ないのだが、詩人が伝統的な職人たちの素朴信仰的な体験主義を、今日的な詩の方向へ経験的にこえていたということであろう。戦後詩（あるいは戦後）というものが必然的にそれを要求し、詩人が、体験→言葉→経験ということの真の意味合いを、直観的に洞察していたということもあるかもしれない。大岡信が「吉岡実が『僧侶』という一巻の詩集によって日本の詩にまったく新しい要素、いわば固形化され聖化された驚異という要素をもたらしたことは、ここであえて強調する必要もないことだが、ぼくは同時に、彼が『静物』という前の詩集の中では、緊密さは欠けるにしても、もっとゆったりした空間の中で呼吸していたことを思い返さずにはいられない」といったことを逆に把え直してみると、大岡信たちとの出会いによって、吉岡実という詩人の戦後的な体験→言葉→経験ということへの詩以前の直観が、このとき詩人の実質として花開いたのだったといえないだろうか。大岡信や飯島耕一との出会いは、いわば理論をもたなかった戦後詩人・吉岡実のきわめて戦後的な理論との出会いでもあったのである。そのことは、詩集『僧侶』の自信に満ちた確固たる表現世界に接すればわかるのだ。

饒舌詩への指弾ということがある。少なくとも戦後詩（戦後文学）における饒舌ということには、戦後詩（戦後文学）が抱えこんだ問題の重さが当然あるわけであって、それが戦前のモダニズム等における実質を伴わない饒舌とは全く違ったものであることはいうまでもないだろう。今日的饒舌が、戦後詩（戦後文学）の延長線上で、どのようにふれあうかが、われわれの詩の問題ではあるのだが――。

例えば、詩集『僧侶』のなかに「苦力」という作品がある。この作品の成立背景について詩人は「わたしの作詩法？」のなかで懇切丁寧に語っているのだが、ここにも詩人の戦後的生成の一端を垣間見ることができる。詩人はそれが「異色ある作品であると同時に、旅先の一夜で出来た唯一のものである」ことを明らかにし、「兵隊で四年間すごした満州の体験」によるものであると述べる。「満州の体験」を直接うたった作品は、確かにこの作品「苦力」以外にないかもしれないが、「満州の体験」が詩人にとってどういう意味合いをもつものであるかは、すでに考えてきたとおりである。詩人は「苦力」の全体を引用し、前掲のような文章を前後にはさんでこういうのだ。

「またここに『支那の男は巧みに餌食する』とある。餌食は『エジキ』だから、〝餌食にされる〟〝餌食にする〟が正しいが、この一行のときは、どうしても『ジショクする』と発音していたのである。これは誤りであるが、わたしにとって、〝餌食する〟は〝ジショクする〟でなければならない。今では別に〝餌食《エジキ》する〟でよいと思っている……」

ランボーが自然を破壊し、素材を創造したということとこれは全く別物であるといっていいだろう。むしろ日本語という多孔質な言語の負性を、このとき詩人は負性のまま頑固に生きたのであるといえないだろうか。「今では別に〝餌食《エジキ》する〟でよいと思っている」というところに、吉岡実の今日的面目が躍如してはいるのだが、しかしこういう詩人の言語感覚は「一個の卵」のなかで「くずれてゆく時間の袋」さながら、いまでも生きのびているといっていいだろう。詩人が断裁してみせる現実の異様さそのもののように……。

そしてさらに「苦力」以外にも、例えば詩集『静物』中の「寓話」には「満州の体験」の描写としか思われない個所がある。

甘い太陽とみどりの草　臓腑の中で輝く　河と星屑　角の間へぼうぼう風をとばし
疾走する四肢の下で　みだれる夕焼の雲　小鳥の脱糞　金の藁の中で　つねに反芻さ

れる　自我のエクスタシイ
地平の端を　汚れた鼻づらで冒す　凶悪な笑いと　混淆の涎　ときに牝の尻の穴　柔媚な紅の座を嗅ぎつけ　嫣然と眦をほそめてゆく時——ああ果は　滂沱たる放尿の海

「四肢の下」に広がる「滂沱たる放尿の海」満州の曠野。吉岡実における糞尿嗜好的表現の根には「曠野に道に、排泄物がちらばっていた」このような「満州の体験」があったことはすでにみてきたとおりである。それはまた「戦わざる兵隊、しかも全自由を束縛された人間のグロテスクな姿」のごく自然な態様であると同時に、「恥」の感覚を内包した凌辱された存在とでもいうべき異様な人間の姿でもあった。吉岡実の詩表現は、このような視点によって「四肢の下」から垣間見られた人間の世界という位相をとるものであったのだ。このとき、かつてのモダニズムは詩人にとって、弱年の淡い記憶よりも遠いものと化していただろう。

或る時わたしは帰ってくるだろう
やせて雨にぬれた犬をつれて
他の人にもしその犬の烈しい存在
深い精神が見えなかったら

その犬の口をのぞけ
狂気の歯と凍る涎の輝く

――「犬の肖像」冒頭

私もまた、詩人の「狂気の歯と凍る涎の輝く」口のなかをのぞきみただろうか？　私にはまだその「深い精神」がみえていないかもしれない。私が洩らした感懐は、浅薄な教養の破片のように、はねかえされていることだろう。

わたしは犬の鼻をなめねばならぬ
あたらしい生涯の堕落を試みねばならぬ
おびただしい犬の排泄のなかで

――「同」第6連

凌辱された存在とでもいうべき、犬に対する詩人の友情を何というべきか。このような詩人にとって、戦後の《生》は、まことにモダニズムの隘路でしかなかったかもしれない。「荒地」のような警世家の視点も「列島」のような前衛気取りも無縁であった。そして「四季」派的抒情にあぐらをかいた詩人たちの教養主義も、「永い沈みの時」を決意した「水死人」の栄光とは全く無縁だったというべきだろう。

そのような意味で、詩人の「過去」を「確証する」ものとていない現在、「腐れかかった半身をひきずって」「幾千種の魚」を「游泳」させる詩人の力業は、まことに驚嘆に値いする。しかし、「腐れかかった半身」とでもいうべき日本語の問題（詩）が、依然われわれにとってこの国の運命のように、取り残されたままであることはいうまでもない。

（注1）この文章を書きあげた後で念のため両者の年譜を調べてみたところ、吉岡実は一九一九年に生れ、森川義信は一年違いの一九一八年生れであり、同じ年（一九四一年）に軍隊に入隊していることが判明した。

（注2）詩集『僧侶』には「感傷」という作品がある。「鎧戸をおろす／ぼくには常人の習慣がない／精神まで鉄の板が囲いにくる」とうたうとき、「鉄の板」で囲ったのか囲われたのか、それは「常人」の判断をこえて、吉岡実の頑固な感受性のありかを明示しているというべきだろう。

無垢への遡行、あるいはわがオブセッション

O saiaon, ô châteaux,
Quelle âme est sans défauts ?
——A. Rimbaud

ここ久しく森川義信のことを考えてきた。しかし積極的に考えてきたというわけではなかった。自然に思いがそこへ及んでしまうといったほうがいいようだ。

その直接の契機は、この夭折の詩人が郷里（香川県）の先達に当り、自分の詩的営為が、結局はこの狭隘な貧しい風土の記憶から断絶してはありえないという、遅ればせな自覚によるものであった。これまで私は、何とかして己れの郷愁を断とうと努めてきた。私の《生》は少なくとも己れの生れた土地に対する憎悪と反抗に根差していたのだ。私は自分が生れた土地に、いささかの愛着ももっていないと思いこんでいた。そこから逃げだすことしか念頭になかった。そして確かに私の願望は一応実現しかけたのだった。

それまで、いくぶん遅い結婚によって東京の片隅・杉並に居を構えるようになるまで、私は何度この大都会から追放されたことだろう。私は都会生活と田舎生活を、ほとんど一年おきにくりかえしてきたほどだ。それは、恐らく私の《生》の選択が、つねにそのよう

な破綻によってあがなわれるほかない態のものだったということの証拠には相違ないのだが、いまにして思えば私のなかの何かが、そのような破綻を強要したのだったともいえるだろう。

私は選択することによって、つねに己れの感情の亡びを味わってきた。この世から追放され、この世に参加できないというような妙なアウトサイダーの感情を育んできたようだ。そしてそれは、けっしてこと新しい感情ではなかったということに気づかざるをえない。《生》の初期において、私はすでにそのような追放者、あるいはハイマートロスの感情に親しんできたように思う。

ある喪失感——それは私の先験的な病いなのだとでもいうほかない。己れがある暗みにむかって失墜しつづけているといった感覚を、私は経験的に所有してきた。ここに正義の入りこむ余地はなかった。当然のように学業を放棄し、己れの衰亡を傍観しながら生きてきたといってもいいくらいだ。

それだけに詩への信仰は、絶対的な信条《クレドー》として私を襲った。いや、詩への信仰ゆえに私は現実的な亡びを甘受してきたのだ。この乖離は日を追って深まりこそすれ、少しも癒されることはなかった。そしてその末に、私は何を経験したのかといえば、恐らく詩（非現実）と生活（現実）、両者ともども亡びだったのである。ここには《生》の意味についての決定的な誤解があったといわれても仕方がない。強靱な《生》をもたない詩は、確かに想定しえなかったのだ。詩の強さ、あるいは詩が強さをもつということは、その人間の《生》の強さをさし引いてはありえない事実なのである。

私はいま、私の《生》の決定的な欠陥と向きあっている。このことに気づいてすでに久しい。都会へ逃亡することによって発見したものは、都会生活者の自由でも何でもなく、まさに追放者の不自由そのものであり、その不自由のかなたに、いじけた記憶のようにきらめいている、己れの生れた土地の幻だったのである。

風土の牽引——己れが生れた土地への遡行こそ、私が都会生活によって育んできた一切であったようだ。私のなかを流れる何かが、私を亡霊のように呼んでいるのかもしれない。あの流竄の詩人ランボーが追憶の詩人であったということ。私の流竄はどのような追憶を生きられるだろうか?

四国の人間にとって本土はともかく遠い霧の彼方にあった。高校を卒業するまで修学旅行などで一、二度海をこえたほかには一度も生地を離れたことがなかった私にとって、瀬戸内海はけっして美しい絵ハガキのような海ではなかった。他所者がみるような意味で、私はこの海に一度も美をみたことがなかったように思う。何よりもそれは越えがたい深淵であり、障害であったのだ。雨季には霧が海を満たして、連絡船が出港できないということがよくあった。私が十代だった頃には、紫雲丸沈没事件などといった惨事が頻繁に発生した。そして霧の深い日には、中央の新聞が届かなかった。私の家は古くから毎日新聞を購読しており、私はその将棋欄の熱心な読者だったのだが、新聞の届かない日の空虚な感覚は、つまり四国が辺鄙な離島なのだということの確認でもあった。讃岐がかつては配所の地だったことも故なしとしないのである。私はこの風土からできるだけはやく立ち去りたいとだけ念じていたのだ。

青雲の志を抱いて郷里を去るといった感情は、何も私だけのものではなかっただろう。森川義信もまた、青雲の志を抱いて郷里を後にした人間に相違なかった。そして海の彼方からこの土地へ帰ってくるということは、何らかの意味でその人間の人生の挫折をも意味していたはずである。

こうして海のイメージは一つの象徴として、詩人の意識に出没しないわけにはいかなくなる。

貝がらのなかに五月の陽がたまつてゐる
砂の枕がくづれると　ぼくはもはや海の上へ
いたんだ心臓は波にさらはれ

青絹の野原をきのふの玩具がうごいてゆく

——「海」

あるいは「季節抄」のなかの「小さな口をあけて／ぽくぽくと駆けてくる／波頭よ／さうして／何も彼も洗ふがいい……／貝殻の中の小さな海にも／冷い空が／匂ふやうに光る」とか「海よ／貨物船よりもぢつとして／お前を視てゐる僕」といった甘美な少年期のイメージは、しかしこの「冷い空」のむこうに、さらに「冷い空」を発見することによって急速に越えがたい《生》の深淵のイメージに変貌していく。

その速度は、森川義信が一人の詩人に変貌していく過程と、ほぼ完全につりあっているといえるだろう。

友よ覚えてゐるだらうか
青いネクタイを軽く巻いた船乗りのやうに
さんざめく街をさまよふた夜の事を——
鳩羽色のペンキの香りが強かつたね
二人は　オレンヂの波に揺られたね

お前も少女のやうに胸が痛かつたんだろ?
友よ　あの夜の街は新しい連絡船だつたよ

――「衢路」から

つまり「夜の街」東京は、森川義信にとって「パリー」行きの「新しい連絡船」でもあった。「窓といふ窓の灯がパリーより美しかつたのを／昨日の虹のやうに　ぼくは思ひ出せるんだ」と彼は唄う。この素朴な文化の中心地（と目された土地）への憧憬の感情は、確かにまた私自身の若年の感情でもあった。「今日も昨日のやうに街の夜をうなだれて／猶太人のやうにほつつき歩いてゐ」た一人の詩人のイメージ（その頃に私は幸か不幸かこの世へ送りだされてきたのだ）は、ほかならぬ私自身のイメージに重なる。

だが　かげのやうに冷たい霧を額に感じて
ぼくははつと街角に立ち止つて終ふのだ
そしてぼくが自分の胸近く聞いたものは
かぐはしい昨日の唄声ではなかつたのだ
ああ　それは――昨日の窓から溢れるものは
踏みにじられた花束の悪臭だつたのだ

やがて霧は深くぼくの肋骨を埋めて終ふ
ぼくは灰色の衢路にぢつと佇んだまま
小鳥のやうに　昨日の唄を呼ばうとする
いや一所懸命で明日の唄をさがさうとする
ボードレエルよ　ボードレエルよ　と
ああ　力の限りぼくの心は手を振るのだつたが
——又仕方なく昏迷の中を一人歩かうとする

——「同前」

「冷い空」のむこうの「冷い空」の下で発見した挫折と憧憬。それは地方出身者の全てを待ちうけている最初の経験であった。この「冷い空」のかなたにもう一つの「冷い空」(「パリー」)を発見しても、詩人は恐らく救われなかったであろう。「昨日」を「かぐはしい」「唄声」で埋めようとするのは、ロマンチスト一般の性癖ではあっても現実ではなかったからだ。「昨日の窓から溢れるものは／踏みにじられた花束の悪臭だつたの」であり、彼は「仕方なく昏迷の中を一人歩」いていくほかないのだ。ここから己れの真の経験の発見(「勾配」)までは一息の道程であった。……

ここまで書いて、私はこの原稿を長い間放置してきた。要するにペンが進まなかったのである。大体の見当をつけて書きはじめる、ペンが動き、少しずつ興がのって、そして難所にさしかかる、というのがこの種の文章の通例だ。雑文は雑文にすぎないのだが、とにかく私はこの文章を中断した。いま読みなおしながら思い返しても、当初の己れの目論見がどのへんにあったか定かでない。確かブルトンの「吃水部におけるシュルレアリスム」という文章が念頭にあったような気がするのだが……。つまり「吃水部」をフランス語では、Oeuvres vives（生きた作品）といい「吃水線上部にある乾舷」をOeuvres mortes（死んだ作品）というわけだが、この語呂合わせからシュルレアリスムならぬ、己れの立場を森川義信にかさねてみようとしたのかもしれない。

しかし中断したということは、当初の私の目論見、論理以前のイメージといったものが全て帳消しになってしまったということだ。奇妙なことだが、この種の体験はほかにも少なからずある。というよりも、もともと空想的な人間だから、ありすぎるといっていいくらいだ。空想に淫して私はここまできたのだった。

こんなことを書くのも、昨年の十月五日に父の死という小事件を体験したからかもしれない。父は一年余の入院生活の後に六十七歳で憤死したのだが、このおよそ没空想的な現実家、嗜好品を除いて趣味らしい趣味の全くない仕事一点張りの男の死が、私を微妙にむちうつのはなぜだろう？　考えてみればこの一年余、私は死に瀕したかれを遠望するようにして生きてきたのだ。それまでおよそ、きまじめに意識にのぼらせてみることのなかった一人の男……。私の心境は複雑だ。何をやってももう追いつかないという思いと、何かが終わったのだという思いと……。それは大した出来事ではないかもしれない。よくわからないが、どうでもいいことだと思う。所詮かれとオレとは関係ないんだと……。必要があれば、かれについてふれることもあるだろう。

ブルトンがそこでいおうとしたことは、要するに詩人にとっての根源的なシュルレアリスムの無垢とでもいうべきものの最終的な確認だったはずだ。シュルレアリスムを二十世紀初頭の技術的な巧智としてではなく、近代的精神の紛糾を全的に超克しようとした芸術家たちの魂の運動として考えるならば、私自身の今日的な詩（自由）の問題もまだはじまったばかりであり、この泥沼からの救抜を可能にする一つの方向づけが、そこにあるように思われたのだ。

私の関心がつねにそういうところにあったということかもしれない。具体的に生活の変革をめざすということのない三十八歳の男が、壮烈にして華麗な伝説と神話に彩られてきた海彼の運動に、いまなお遅れてきた人間として思いをよせるということは、どういうことなのだろうか？　こっけいといえばこれくらいこっけいなことはないだろう。転向はいつでも可能なのだ。どう逆立ちしたところで、私がフランス人になることもなければ、フランス語で詩をかくこともないのだ。日本人であること、この決定的な運命の前で沈黙するほかないのか。

朔太郎の「日本回帰」が何であったにしても、かれは要するに沈黙してしまったのだ。この国の毒をあびて、かれのポエジーは亡びてしまったのだ。時代の限界だったかもしれない。しかしそれが、時代の寵児の運命だったとしたら、詩人はむしろ鬼子であることを選択するべきではないのか。

それにしても、森川義信とは何者なのか。はっきりしていることは、一九三〇年代の後半から四〇年代の初めにかけて、かれがいくつかの詩を書いたということ、そしてそのなかの数篇が私を強くとらえて放さないということだ。問題はそれだけなのだが、単純でないのは、かれがたとえば鮎川信夫のような詩人と知りあい、その心理に並々ならぬ印象を残して去っていったといわれていることなのだ。もし鮎川信夫がいなければ、森川義信は世に伝わらなかっただろう。多少は伝わったかもしれないが、気まぐれな詩史屋がその名前をあげる程度にすぎなかっただろう。

とすれば、森川義信という存在は、およそシュルレアリスムの無垢とでもいうべき状態から限りなく遠い詩人鮎川信夫のほかならぬ「無垢」の記憶だったのかもしれない、というふうに一応考えていいだろう。

鮎川が抱いた近代詩に対する憎悪は、いってみれば近代詩を席巻した小器用な近代人の巧智に対する憎悪だったはずだ。鮎川信夫の戦後的な巧智を思うとき、森川的な無垢こそは近代詩と現代詩の接点に生れるべくして生れた奇蹟だったのだ。

話が横道にそれたけれども、森川義信というこのほとんど没却されてきた一詩人を考えることは、私にとって十分に意義があったことになる。かれを語ることによって、己れ自身を語りすぎたきらいさえあるかもしれない。どうやら私はかれのなかに、私自身の分身をかさねていたようにも思うのだ。私の中には一人の死んだ詩人がいて、それが森川義信にうりふたつなのだといったぐあいに……。ペンが進まなくなったのは、われながらうんざりしはじめたということだったのだろう。

いずれにしても、森川義信には残された作品が少なすぎるのだ。鮎川編の『森川義信詩集』はじつによくできた詩集で、完璧といっていいくらいなのだが、しかしこの完璧さが私のペンを鈍らせたともいえる。わずかな作品の行間に写しだされる詩人の姿はともかく稚ない、それはもう稚なすぎるといっていいくらいだ。そこへ土足でふみ入る私はいったい、何に苛立っていたのだろうか。

私は小心な人間かもしれない。「お前は気が小さいな」と大学を放校してボンヤリしていたころ、それとなく父にいわれたことがあったが、かれは私のなかの、何か不穏なものに気づいていたのだ。

無垢の記憶を求めて、私も己れの出口をさがしあぐねていたのだということができる。

森川はその健康な稚なさゆえに、小心さとはおよそ無縁な存在だった。かれはよくも悪くも、その時代を渾身で生きたのだ。「勾配」という作品で示したかれの詩語の直接性とでもいうべきものは、その時代を渾身で生きた詩人の人生の直接性でもあり、それがすぐれて倫理的な相貌をおびていることは、鮎川個人の「荒地」的思いこみをこえて、この作品の自律性を証明していることになるだろう。

森川義信のことを考えることは、また一九三〇年代のこの国の青春を考えることでもあった。敗戦によって訪れた時代は、その装いが何であったにしても、自らの失われた青春の記憶にむちうたれないわけにはいかない時代でもあった。追体験の時期が戦後詩の経緯とかさなるのは当然かもしれない。己れの根拠をどこにおくにしても、時代そのものの直接性から免れてあることは不可能だ。

という意味で、詩人とはすぐれてその時代の産物なのだが、森川が突出してみせた無垢ほどにも私が無垢であったことがあっただろうかといった苦い思いがつきまとう。

それにしてもこの国の近代は、森川型の人間をはいて捨てるほど育んだのだった。よくも悪くもそれがこの国の運命だったのだ。近代詩の歴史はつまりは、森川的な知性の興廃の記録なのだ。キリスト教もマルクシスムも、かれらの運命を根底から変革する力にはならなかったようだ……。シュルレアリスムよ、汝もか！　である。思想は永遠に海彼の出来事なのかもしれない。革命が永遠にこの国とは無縁なように……。

戦後詩のジャーナリスティックな賑わいにもかかわらず、われわれが森川型の悲劇からどのくらい遠くへきているかといえば、かなり怪しいのだ。追体験のあいだはそれでよかっただろう。かれらにはそれが必要だったのであり、それだけで戦後は思想たりえたのだ。この幸福を羨望してもはじまらないし、羨望の時代もたぶん終わっている。問題は想像以上に紛糾しているかもしれない……。

無垢への遡行……。もしそれが可能ならば……。「詩は青春の文学でも何でもなくて、人生の直接性の表現なのだ」と、私はいつか書いた。たとえそれが貧しい追憶にすぎないにしても……。

私はこんなことを、相もかわらず今も、深い霧の中に閉じこめられた難破船のように思いあぐねているのだ。

Ⅱ

斎場の孤独

――千々和久幸詩集『水の遍歴』をめぐって

八〇年代に入って、この列島の都市化現象は一段とピッチをあげた感じだ。高度成長神話とその崩壊、そして残務整理に似た疲労と諦観と。この列島を囲繞したオイルボールのように、得体のしれない感情が、詩人たちを微温的に威嚇している。

きみが言うように
水は奮い立ったか
佝僂病やみの季節が私語を浮き沈みさせ
共同便所のむだな血のために
運命や港湾はたわんだ

荒涼たりえず
空漠ならず
斎場は小さな日溜りに包まれて
いっときの水は悩ましい

――「気がつくと傍らに誰もいなくなった」

前詩集『八月緩緩縁者之道行』（母岩社一九七三）にも、水のイメージは頻出している。それは千々和久幸という詩人の抒情が、当然のように必要とした潤滑剤というふうに考えられる。だから七〇年代に入って〈水〉のイメージが多くの詩人たちを「悩ま」せたことと軌を一にしている。むろん千々和も鋭敏すぎるほど鋭敏なこの時代の詩人なのである。「水は奮い立ったか」というとき、この「水」は「時代」あるいは「七〇年代」というふうに置きかえることも可能だ。「きみ」とは、当然自己への語りであると同時に、この「時代」への擬人化であろう。

　というふうに読めば、この『水の遍歴』という詩集の中身は、ほとんどこのワン・スタンザにうたい尽されている気がする。ここにある詩行は、まさしく前詩集で自らを「時代の縁者」と規定した詩人の「疲労と諦観」ではないだろうか？　水が奮い立ったか、奮い立たなかったかは、本当は詩人の側の問題でなければならないのに、詩人は時代の「斎場」

で何やら物思わし気につったっているようにもみえる……といったとまどいを、読む者は共感の底に感じないでいられないというふうに、この一巻ははじまっている。

　ぼくじしん、じつは自信がないのだ。この数年、ぼくはわけのわからない情実のなかをさまよっていたのかもしれない。近代百年のなかで自由詩なるものの領野に、感受性の聖域を夢みるという点では何一つ疑いのなかった世界が、いま理不尽に問い直されようとしている。それは、戦後は終ったという感慨とはまた別なものだ。ただ戦後詩とひっくるめられた感受性の世界に、強度の地割れが生じているということだ。六〇年代の饒舌も、何やら五〇年代の抒情の徒花にすぎなかったのではないか。「凶区」も「ドラムカン」も「荒地」や「列島」ほどには、いま新しくない。

「詩人は時代の鏡である」（十国修）といういい方からすれば、「荒地」が反映したものは、戦争直後の破壊された都市であり、その「ものすごさ」は、近代において透谷が衝突した「〈自然〉のものすごさ」（菅谷規矩雄『国家自然言語』）に勝るとも劣らないものだった。

——というふうに考えると、自由詩を聖域とする感受性の方向が、たえずこの国の伝統的自然（とそれに培われてきた美意識）との激烈な衝突という方向において反復、進展してきたものであることがいまさらのようにわかる。ぼくじしん、俳句でも短歌でもない自由詩に己れの感受性を投じる決心をしたのも（いくつかの曲折はあったが）、まず近代詩に対する絶望と、この国の伝統的感受性の世界に対する疎ましさが根強くあったからだ。それは欧米の翻訳文化に対する劣等感である以前に、己れの生れ育った風土に対する嫌悪であった。その結果、自由詩の祖国である欧米（とくにフランス）の詩を一時的にせよ羨望することにもなった。

　己れの詩の初発的契機をこう要約してみると、自ら短歌を作り、白秋に親近感をもつというこの詩人の詩が、どうしようもなく遠いものにみえてくるのを如何ともしがたいのである。その意味で、ぼくは小野十三郎の亜流であり、森有正的経験の落し子でもある。短歌的抒情は、克服されるべき旧習にほかならなかったのだ。

「透谷以前の日本において、〈自然〉を観念的に体験する方法は、没入であって衝突とはならなかった。没入の方法によるとき、〈自然〉とは〈風土―文化〉領域の辺境にあらわれる美的な対象の究極であり、この究極をめざしてどこまでも辺境をめぐりつづけることが、すなわち〈道行〉なのである。むろんそれは観念的な体験の方法であるから、〈道行〉は、じっさいの旅であっても、あるいは自己の身体的存在という辺境をめぐって脱却を追求する座禅のかたちをとっても、さらには、作品としてのことばの辺境をたどることによっても、可能であった」（菅谷規矩雄　同前）

　千々和にとって、その〈道行〉は、どういうかたちをとっているのだろうか。むろん座禅でも、じっさいの旅でもない。とすれば、「作品としてのことばの辺境」という一点になるだろう。千々和の詩の饒舌、難解さは、そのような詩人の決意の当然な帰結という一面があったのである。

それはそれでいいのだ。かれの詩はけっして読みやすいものではなく、豊饒なイメージとボキャブラリィの積木細工として眺めれば十分ぼくを悩ませ、楽しませてくれるのだ。六〇年代の一群の詩人たちへの共感を表明してきたぼくにとって、千々和はある意味で最後の六〇年代詩人の一人だったといえる。それは詩人の永年の友人であり、「砦」の同人でもある山本哲也についてもいえたことだから……。

しかし、われわれをとりまいているこの〈自然〉は、芭蕉的な旅の自然とはどうしようもなく異質なものになってしまった。猛烈な都市化という未曽有の風景の変貌を前にして、じつのところぼくはどうしていいかわからない。山紫水明のこの風土は、何やらすっかりおかしくなった。山へ行けば赤茶けた造成地が広がり、河川へいけば暗くよどんだ生活排水が流れている。同じ自然でも、現在のそれは二重三重に隔離された自然なのである。生の、裸の、むきだしのそれではない。猛烈な都市化が人間を隔離し、自然をも隔離していく。芭蕉気どりで山道を一人でぶらぶら歩いていれば、必ずどこからともなく現われる巡回パトカーにつきまとわれるし、夜道を無灯火で自転車をこいでいれば、威丈高な警官の詰問にあうだろう。どこへいってもやたらに警官の姿が目につくことの、それは意味だ。たしかに現今、市民たちは隔離されてあることによって安穏をえているのかもしれない。何やら崩壊した制度に取ってかわった目にみえない政治の罠のように……。

失われた農耕的自然を恋慕しても仕方がない。この風土は四季折々の変化とともに、たえず激しい風景の変貌にさらされてきた。百年前の風景がそのまま残っているというようには、この国の風景は存在したためしがない。それはむしろ、恐ろしい勢いで変貌することを普通としてきた自然だったのだ。とすると、現在の風景の変貌、猛烈な都市化による自然の破壊も、けっして一朝一夕というものではなく、そのような積年の蓄積の所産であって、何もいまさらあわてふためくほどのことではないのかもしれない。ある意味で、自然保護に対する無関心とそれは表裏したものだ。自然を保護する思想が育たない——そういう伝統のうえに、俳句や短歌の小世界は、培われてきたのではなかったか。没入はしても衝突はしなかった感受性の隘路——そこに真のディアローグを定立することの困難さだけが、近代詩百年の軌跡をこえていまもわれわれの前にあるのではないか。

この変貌した第二の自然とでもいうべき自然の中で、なおかつ「時代の縁者」になりすますことの困難が、千々和久幸という詩人に襲いかかっているアポリアなのである。それが過渡期の現象ならば、詩人の決意は歴史を逆照射する批評ではあっても、けっしてアナクロニズムというわけではないだろう。むしろかれは「いつになく本気」(「虫喰い長靴」)なのだ。ここにこの詩人の孤独の思いがけない深さと遠さがあるといえる。そしてその孤独は、いまこの国の詩人たちが多かれ少なかれ感じている時代の困難と、どこかで激しく共振しているはずなのだ。

むささび
さつき
父の骨

——「絵本」

こういう詩をいったいどう解釈すればいいのか、という思いがつきまとう。詩は美文ではないいし、美文が詩であったためしもないのだが、詩人はむろん、そんなことはよくわきまえていて、「こうして絵空ごとだけが走り去ってしまうのだが／おまえと速度の取りっこさ／諭されようが紙吹雪が舞おうが／かまうものか……」と、この「時代の凡庸」をさりげなく強調してみせる。このような発語のさりげなさが、じつは千々和のしたたかさでもあるわけで、例えば、より饒舌な「夏の柩」のような作品にも、そうした調子は一貫している。ただ読者はこういうところで、はたと途方にくれるにちがいない。少なくともぼくはそうだった。しかしどうやら、このような数行のなかにこそ、歌人・千々和久幸の人しれぬ苦患が感じとれるという気が、いますするのである。

江森國友・試論

——その難解さの一面

山は私が　見上げる部分　がもっとも　緊密である黒い枝が　生き　ていて葉の群れが　それぞれ　もっともよく　密集し　しかも各々　形貌を層的に架橋している稠密の　鋸歯状の　空隙から雲の往き来が存在を　語る意味　が私　の心の　もっとも遠くまで響きあい　私の　仰角がひ　とつの網目に　還り　私もまた　葉群れの卵形の　葉脈　の髄液をくぐり穴か　ら空を呑み空　の真空　に同心の眼　のびっしりと　無数ある　仰角に鎖状に　連なる植物と宇宙　がどんなに　深く　凝視　めあっているか！　鼓動が　……存在を　制御する美　眼　の凝集リンパ液のめぐる森草原色　の満月の　かかっている口唇は　森に　気づいてから盈ち欠　けを知るま　だ純白の　指できり触れ　たことのな　いきっかりした　臨界がかくされた珐瑯質　自分のもつ　自分の舌で　だけやさしく情報を　すべらせる　稜線柔毛がよりそい光りそして蔭り太陽を待つ言　葉を覚える血　が（同時に）流れる

——「細胞」

江森國友のこの詩を「文学界」の内扉で読んだのは、もう十何年もむかしのことだ。この詩人に面識を得るそれは以前のことであって、ぼくはこの詩の魅力を意識の片隅に留めおいたのだった。だから後に詩人に縁を得る偶然があって、それが糊口を凌ぐ上での必然にすぎなかったとはいえ、ふしぎなめぐりあわせだった。

江森國友の詩が亜熱帯的であることは言をまたない。詩人が主宰した詩誌の表題が「南方」というのも、詩人自身が自らの根拠を正確に見定めた上でのことと思われる。そしてそれが、北方に対置した視点というような偏狭さから自由なことは、詩人の詩を読めばわかる。むしろこの国の風土の根源的な南方性への直観が、そこに働いているからだといったほうがいいだろう。

詩人は三十歳の頃、一時、九州は宮崎県の小さな田舎町に移り住んだことがあるということだが（注）、処女詩集『宝篋と花讃』（母岩社一九七一）収載の作品をその作品一覧でみる限り、それを前後して作風に大きな変化がみられることに気づく。

かつて江森國友は甘美な愛の抒情詩人だった。それが一年余の移住時期のブランクを契機に俄然、難解になっていることだ。表記的にはルビやかっこの多用、あるいはことばの歪曲、切断といった手法の採用であり、それらは移住以前の初期作品には全くみられない現象なのだ。

その結果、ここにあるのは一種の困難さを伴ったことばの秘匿感である。それは、それ以後の詩人の詩のほぼ全てに底流した感覚でもある。なぜ遠く九州あたりまで下っていったのかはわからないが、それが詩人にとって単純でなかったことは、このような作品の変貌からも十分推測できるのだ。

作品「細胞」も、むろん移住後の作品である。注目すべきはこの詩が集中唯一の散文形式の詩だということである。ぼくがそこに感じたものが何だったにしても、この詩のもつ意味あいは必ずしも小さくなかっただろう。一読して、ここには緩急自在の流れが感じられ、それが複層的によりかさなってふしぎな魅力をたたえている。こうした魅力はたぶんに散文詩的な特性かもしれないが、「文学界」の内扉という発表機関の行数の制約も働いていたかもしれない。完成作としてはいささか不完全さが感じられる。偶然の作用によって、それは過渡的な詩人の奥深い感性を垣間見させるのに成功したといえるのだ。一言でいえばその魅力は、彼岸の消息といっていいかもしれない。

逆編年体で配列された詩集『宝篋と花讃』を、巻末の作品一覧によって検討する。

詩集の構成は五つに分けられ最も新しくかつ最も難解な（と思われる）詩「声明慈音」が巻頭を飾っている。ある種の困難の感覚が、詩集上梓時点でいぜんふっきれていなかったばかりでなく、それがこの詩集作成の重要なトーンになっていたと思われる。それはそれでいいのであって、時代そのものがある種の困難の感覚に息を切らしていたのだから。

問題はその次の第二部に当る作品たち、「（横臥した海）」「（私からの眺めは）」「（トラフラッパガニの）」「（〈アッタ〉ものの空隙）」「（《ふるえるの》）」「（自然が想像力を妨げる？・）」の六篇だ。ここではことばの秘匿感が、そのタイトルにまで及んでいるということであり、「（〈アッタ〉ものの空隙）」とか「（自然が想像力を妨げる？・）」といった表題はことに象徴的だ。

作品一覧によれば、これらの作品が「細胞」発表の直前に書かれたらしいことがわかる。いや、これらの作品の発表を経た直後に、それも六〇年代最後の作品として「細胞」が姿をみせていることが肝腎なのだ。

「講師紹介」（注）によれば、詩人の九州移住は昭和三十七年、つまり六〇年代初頭のできごとであった。とすれば、それが抒情詩人江森國友のささやかな、ある意味できわめて文学的な死の体験だったことが推測できる。六〇年代の猖獗は、詩人にとって近しくなかったということかもしれない。その間にかかれた作品たちの困難さは、詩人江森國友の困難さに相違ないわけだから、むしろこの時期は詩人にとって最も危うい時期だったと考えることができる。

こういってよければ、詩人は詩と決別するつもりだったのか。「することなし、小説を三、四篇書く」という呟きが、そのへんの機微を思わず露呈しているのである。それが文学的な死の体験だったと推断する根拠でもある。才能にまかせた若書き、ということがあって、ある日ふっと筆を断つ……。それは恐らくだれにも訪れる奈落なのだ。一種の失語があって人生に挫折する。新しい出発というには余りにも残酷に！
移住直後に発表した作品に「抒情詩」がある。この作品が集中最も長い詩だということも、詩人のブランクを背景にすれば納得できるのだ。

〈同時に教訓も忘れない……
快適なものすべてが　性的価値じゃない〉

いきなり〈　〉つきでよくわからない言挙げだが、何となくイロニイも感じられる。そしてそれはつぎの一行で終っている。

《詩は〈存在〉の柱頭に花咲かすもの》

〈　〉をさらに《　》でくくっているこの一行こそ、移住生活の自然のなかで詩人が発見した教訓だったかもしれない。素朴な〈存在〉への驚きがあって、詩人は個人的な〈死〉から帰還する。そしてそれが、経験的に深化させられていくプロセスがあるわけであるが、急旋回のいっそう吃音化していく詩行を追いながら、しかしぼくには「細胞」に出会った以上の感動がないもどかしさがなかったわけではない。いや、どういうわけか詩人の苦闘を遠望しながら、作品「細胞」の痕跡ばかりをさがしあぐねているじぶんに気づくのだ。思いすごしかもしれないが、ぼくがそこにみたこの世ならぬ彼岸の消息、それはぼくじしんの個人的な死の体験に、ひどく近いところで何ごとかを語りかけてくるような気がしたのだった。

つまり、この頃（六〇年代）の饒舌は、いま思いかえすと己れの肉体の崩壊の代償としてのみ意味をもっていたような気がする。時代そのものが奇怪な神経症に冒されていたのであり、個人的な病理も、それと対応する限りにおいて、普遍性をもったというべきかもしれない。

すると、ぼくじしん、じぶんの不思議な体験をどこかで意識的に隠蔽しようとしていたことに気づくのだ。ぼくがじぶんの狭い体験に固執しているという非難は当たらない。この世界の複雑にふれるよすがになるものを、己れの狭い体験群から抽出しようとしたことはあるが、それに固執するつもりはない。——この詩人もまた、意識的に何かを隠蔽することによって、この時代の困難と張りあっていたのかもしれないということに思いいたるのだった。

『宝篋と花讃』の冒頭に最も難解な作品「声明慈音」が置かれた意味も、たぶんそういうことではないだろうか？

ここから詩人がどう展開していくか、その困難をどう切りひらき、血肉化していくか、力倆が問われるところだが、このような時代の困難とひきかえに、詩人が抹殺したもの、それが作品「細胞」に偶発的に出没した彼岸の消息だったのかもしれないという思いがするのである。それはあくまで過渡期の現象であり、その限りで一過性のものだが、その消息が全く見当らないというわけではないのだった。たとえば『ピエロタ』20号（一九七三年六月）に載った作品「行方知らずも」は、その後まだ詩集に収められていない作品であり、詩人の数少ない散文形式の作品でもあるが、ここに「細胞」の余韻を読みとることはできるのである。

1

列車が一つの駅についた。蒸気機関車の頭半分は岩山に入っていた。歩きはじめる私からは、山の全貌は西日を浴びて見えない。荒野がしだいに起伏をもたげて歩く私より速く走っている。頭半分堤防からだしていつまでも埃のなかを歩いた。水仙の花の咲く農家の庭で女に尋ねた。私の探しているものについて。姉さま被りの手拭いをとって嫁さんはいった。

〈天地の主なる父よ。あなたをほめたたえます。これらの事を知恵のある者や賢い者に隠して、幼な児にあらわしてくださいました。〉私は歩きだした。

2

──（省略）──

3

また、四十日歩いた。葛が生えつらなり、荊棘が群生した野をいった。風が暖かく南から吹いて荊棘の若芽を刺戟した。かくす森のない川岸についた。川岸には天幕が立ちならび楽音が喧噪をつづけた。一つの小屋のまえに一輪車がならび小人たちが道化服でペダルを踏んでいた。三つめの輪に膝から千切れた足が二十の輻に巻きこまれている。私は眼をつぶった。私は質問した。

〈人間憂いの花ざかり。無常の嵐音そい生死長夜の月の影。不定の雲おおえり。げに目の前の浮世かな。〉

小人の一人はうたうようにいって、また一つの輪を永遠のように廻しはじめた。

詩人は、散文詩をあまり信用できないとかつて洩らしていたが、そこにごまかしを感じとるこの詩人一流のリゴリズムである。いうまでもなく、散文詩には散文詩の魅力というものが確実に存在するわけであって、ある意味でそれが小説でも雑文でもないがゆえに、詩人にとって不可欠な橋頭堡になることは、多くの秀れた先例が語っている。その意味でぼくは、これからも作品「細胞」の痕跡を、この詩人の詩行のなかに思いだしたように尋ねないではいられないだろう。

（注）一九七〇年九月二十四日の「歴程詩のセミナー、まてりあるⅨ《詩人と自然》」の講師は江森國友であり、明快な講師紹介がある。それによると、「昭和三十七年、六年間勤めた『文芸家協会』をやめ、宮崎県児湯郡川南町平田三五三に移り住む。することなし。小説を三、四篇書く」とある。

暮鳥断想

――昼の月

昨年（一九七七）の夏、旧盆に帰省した折、私は古い本箱のなかに新潮文庫の『山村暮鳥詩集』があるのを発見した。むかし十代の頃、この詩集を、犀星、白秋、芭蕉などの文庫本とともに鞄底に潜ませて下宿を転々としたのだが、この「暮鳥詩集」の編者が室生犀星だったことは、全く失念していたことを告白しなければならない。

ことほどさように、私の近代詩体験というものは、その程度のものだったのだ。いくぶん変色して紙魚の浮いたこの懐しい詩集をひもときながら、私がそのとき直観的に感じとったものは、かつての覚束ない暮鳥体験とでもいうべきものが、詩人小説家・室生犀星の批評の眼を通したものだったという、苦々しい思いであった。

どういうことかといえば、この犀星編の「暮鳥詩集」には、後年大岡信がその先駆性を指摘した作品「À FUTUR」という恐らくは今日的に考えてみて、この詩人の最も重要と思わざるを得ない作品が、どういうわけか収載されていなかったからなのだ。そういえば、これもむかしのはなしだが、大岡信のその文章を読みながら、山村暮鳥という詩人にいったいそんな作品があっただろうか、といったかすかなとまどいを覚えたのを、私はそのときはっきりと思いだしたのだ。

つまり、私はこの「À FUTUR」という作品をよくしらなかったのであり、それが私の弱年時の暮鳥体験の背景だったということなのだ。

残念ながら、あいまいの霧の底に測鉛を下ろすようにして、私は己れの愚昧を確認しないわけにはいかない。そして、それとかさなりあうようにして、この『暮鳥詩集』にある作品選択の一貫性を無視することができないのだった。

私はもちろん、私自身の自己確認のために書いているのだ。必要以上に暮鳥をかいかぶるためでもなければ、犀星を批判するためでもないのだ。己れの詩心の所在を私なりに確認しておく――、どうでもいいことかもしれないが、とにもかくにもこうして現在、詩に関わってしまった人間の、いち存在証明《レーゾンデートル》の試みとしてこの小文はある。

暮鳥はもともとけっして野太い詩人というわけではなかった。『聖三稜玻璃』という詩集が明らかにしているのも、この詩人のある種の人間的な弱さだった。「囈語」にはじまって「いのり」に終る数十篇の作品を冷静にたどれば、そこにあるまとまりのなさの不統一感が指摘できるだろう。この全体のバラバラな感じはどういうことだろうか?

「囈語」にある漢字の乱用と「風景――純銀もざいく」にみられるようなひらかな詩が意味しているものは、暮鳥という詩人の言語体験の荒削りなままに完成してしまっている未完成さ（大岡信）の両面であって、互いに通底しているのだ。詩が一つの造型をまだもちあぐねている、そういった時代の傷々しい傷痕であり、さらにそれが過激に暴発した典型として、デタラメとしかいいようのない難解詩「だんす」を読むことができるだろう。『聖三稜玻璃』の独創は「À FUTUR」という作品の眩惑性にある。それはこれら数十篇の作品のバラバラな不統一感を、この作品一篇が統轄しているといった感じの牽引力であり、これが集中唯一の長編散文詩であることよりも、長編散文詩という形式に預けざるを得なかった詩人の思いのある種の切迫感にある。

そのイメージの危うさという点では「囈語」や「だんす」の舌足らずな危うさと、さほど径庭があるわけではないのだが、にもかかわらずこの作品が、読む者にあるふしぎな魅力を強制しないわけにいかないのは、この作品によって暮鳥が、己れの個別的な言語体験を、ある霊的な状態に可能なかぎり近づけることに成功しているということではないか。そしてそれが散文詩という形式に与って力があったとすれば、暮鳥が散文詩形による作品を、この一篇に限ったことは、何とも残念だったというべきかもしれない。

ここには、普遍的な意味で詩人の経験が、何がしかの造形《かたち》を求めることの先例があるといっていいのだ。暮鳥はここで己れの存在を客観化し、それに普遍性を付与させるだけの他者の眼を獲得したということかもしれない。「まつてゐるのは誰」という未来へのまなざしのそれが意味なのだ。己れの存在を未来へ預けることによって、暮鳥は書くことの彼岸性を実現したということだ。

この作品は、暮鳥が体験した言語表現の記念碑的痕跡なのであり、「囈語」や「だんす」といった作品の過激さも、そのような経験の無残な露頭部として理解できる。そこにこの国の私小説的近代とは異質な可能性があったのもたしかなのだ。

犀星が『暮鳥詩集』から「À FUTUR」を除外したことは、つまり犀星が暮鳥をそのようにしか評価していなかったということなのだが、そのことは犀星の「解説」にも明らかだ。

「萩原はどこかに片跛であるが哲人詩人のおもかげがあったが、山村はどこを敲いても草花詩人であり青空詩人であった」というような個所を読むと、私は「最も観念的な場合にも根源的に具象的であった」（中野重治「室生犀星――人と作品」）という批評家犀星の直な健康さに、思い及ばないではいられないのであった。

『聖三稜玻璃』によせた「聖ぷりずみすとに与ふ」という犀星の序文が明らかにしていることは、たぶんそういうことなのであって、この序文が後年の一般的な暮鳥評価に与えた影響は小さくなかっただろうし、ある意味でそのような暮鳥観は、今日も踏襲されているといっていいだろう。

「私は思つてゐる。尊兄の詩が愈々に苦しくなり、難解になり、尊兄ひとりのみが知る詩篇になることを祈つてゐる。解らなくなればなるほど解るのだといふ尊兄の立場を私は尊敬してゐる。誰にも解つて貰ふな。尊兄はその夏の夜に起る悩ましい情慾に似た淫心を磨いて光を与へることである。尊兄の理解者が一人でも増えるのは尊兄の侮辱とまで極端に考へてもよいのだ。すくなくとも其位の態度で居ればよいのだ。解らなければ黙つて居れ。この言葉を尊兄のまはりに呟くものに与へてやりたく思ふ。……」

『暮鳥詩集』の「解説」によれば、犀星は「暮鳥のために四たび序跋解説をかいたことになる」ということだが、さらにその後出版された『我が愛する詩人の伝記』によっても、大幅に改稿の手は入っているものの、犀星の暮鳥観はほとんど変化がない。これを暮鳥の不幸というべきかどうかはわからない。なぜなら暮鳥自身、已れの詩業を「一個のばくれつだん」という程度にしか認識していなかったからだ。

「たとえば『いちめんのなのはな』の一篇などは、その作品発表当時は、はなはだ変なわざとらしさがうかがわれたが、今日になると、これらの平仮名の行列があたかも菜の花畑を見るようで美しい……」(「解説」から)

この犀星の文章を、例えばつぎのような文章と比べてみるのもむだではないだろう。

「これを単なる抒情詩というわけにはいくまい。朔太郎が自身の気質を流露し、音感と触感と言葉の影像とを動員して『遠いはるかな実在』にあこがれたあの方法より、もっと意図的で的確な仕事の跡がここにある。(原文改行)この徹底的なリフレインは、情緒よりもむしろ思索の軌跡だ。のちにダダが、既往のフォルムをこわす為に、時に似かよった方法を用いた事もあるが、暮鳥の場合は破壊ではなく詩の構築である」(山本太郎「現代詩

壇」――『詩のふるさと』所収）
とはいえ、暮鳥ほど農村的風景を熱心に歌いつづけて飽きなかった詩人はほかにあまりいないのではないだろうか。農村的風景といってあえて農村的風土といわないのは、結局この詩人が、印象批評的風景描写に終始したと思われるからだが、例えば当時の情調派の総帥三木露風のような例を除けば、十分特筆していいのである。

樹の上の
鴉《からす》、鳴かず、
…………………。

縷《いと》の如く、もつれて咽ぶ死の讃美に
淡い労疲《つかれ》のかがやく時、
会葬者《ひとびと》はただ一つの事をわすれてゐる。

冬にして黄《きいろ》い午後、
梢に鴉がとまつてゐる。
柔かい肌のやうな夕となるも遠からず、

梟は眼をしばたたき、草は冷え、女等は
さすがに受胎をおもはず……
かしこに小さい穴がある。

あはれ、怖しき土の匂ひは、にしきゑの
影の秘密を知らないで、
なんの反抗も処女なれば、
そして欺かれて眠つたのは
十字架に聖《きよ》くゆるせし瑪瑙の霊魂

その穴のふかさよ、
その穴の周囲は次第に暗くなる、
梢に鴉がとまつてゐる。

現世ばかりは悲しみの、一日の疲労の
後の
此の心地よさを何としよう?

さびしくかくれて泪に浮ぶ微笑の
此の愛の暗示を誰かは知る？

――「AT THE GRAVE」

『三人の処女』時代のサンボリスム風の憂鬱《スプリーン》が風土的契機によって、ある種の夢魔性を獲得したのが『聖三稜玻璃』に相違なかった。詩人自身は、それを悪魔主義とも断じたわけだけれども、その副産物とでもいうべき経験の構造についてはすでにふれた通りだ。「風景――純銀もざいく」の平仮名の行列が喚起しているイメージも、農村の菜の花畑の美しさをわざとらしくなぞったというようなことではなくて、暮鳥が直観した農村的風景の、その奥深い夢魔的憂悶とでもいうべきものにまっすぐつらなっていたはずだ。そして暮鳥のこのような資質は、「田舎を恐れる」と歌った朔太郎の気質にも、ほとんど刺しちがえるようにして通じていたかもしれないのである。

　そういう時代だったのだろうか、この国の前近代的近代という時代は、……と考えてみる。すると、この詩の第三連に現われるイメージ「やめるはひるのつき」という一行が目につく。この微妙に稀薄な存在感こそ、この詩人がその夢魔的憂悶のさなかにあって、終生身にまといつかせた同時代的な存在感《イメージ》の危うさでもあったに相違ない、というふうに思われるのだった。

そして最晩年の『雲』時代の詩にとってつけたように、性懲りもなく現われる「おなじく」という題名の単調な反復行為に、その作品の淡泊さとはうらはらな、かつての平仮名の行列がかもしだしていた夢魔的憂悶の余韻を読みとることができるといえば、果たしていいすぎになるだろうか。

雑感として

(i) 二言、三言

このごろ物思うことが多い。

どのような思いにしろ、結局は「忍耐」の一語につきるわけだが……。

戦後詩の出発点には「荒地」の詩人たちによる戦前のモダニズムの否定があったことはいうまでもないことだが、それとちょうどかさなるようにして「詩の自立」の問題が存在したのにちがいない。それはどういうことか？　近代詩の系列では詩はついに、文学として自立したことがなかったのではないかということである。近代的知性が経験（リルケ的経験というほどの意味だが）の問題として把握されたことがなく、詩は個人的才能の問題である以上に、詩人的な体質の問題にすぎなかっただろうということでもある。

暮鳥の悲劇はその好例というべきであって、今日、白秋等の詩人がほとんどかえりみられないことも、このへんに一因があるように思われる（日本語の「詩人」という用語のふくむ意味あいの低俗さをみよ！　ドイツ語のデイヒターといった用語のそれには遠くおよばない）。その行きつくところは、歴史的現実の苛酷に対する逃避であり自壊であった。

一連のモダニスト、戦争協力詩人たちの詩行為の不幸は、まさにそういうことなのだ。

　戦後出発した詩人たちにとって、戦争はある点では近代的経験のもっとも熾烈な試練だったということがいえるかもしれない。ぼくじしんはどちらかといえば、彼ら戦後的に出発した詩人たちよりも、一世代ないし二世代遅れてやってきた詩人たち、つまり旧「ユリイカ」による詩人の詩を好んできた。「荒地」を中心にした詩人たちの詩には、どうしてもナイーヴには入っていけなかった（たとえばわれらが先達の一人、衣更着信氏の詩集〔思潮社版〕をみても、率直にいってその抒情は冷たく、どこか感覚的な明晰さとは異質のものだ。冒頭にでてくる「左の肩ごしに新月をみた」*という作品も、題名の特異さともども容易には受け入れがたい違和感がある。けれども最近何となくわかったのだが、この題名の詩こそは、衣更着信という一人の詩人の戦後的決意の一端を表明した作品にほかならないのである。戦後的混乱の渦中でまだ新月にすぎないが、やがてこうこうと満月になって輝きだすであろう東京の仲間たち、「荒地」グループの詩人たちへ香川県の田舎から送った一篇のメッセージこそ、この作品の意味なのだということ ｅｔｃ……）。

　彼ら戦後的出発をとげた詩人たちの詩表現の複雑さ（陰うつで、歪つな論理性とでもいうべきもの）こそ、彼らの心に巣くった思いの複雑さにほかならなかった。さらにそれは意匠なんて問題ではなく、詩的経験の問題なのであり、戦後的決意の率直な表現にほかならなかったともいえるのだ。

考えてみれば、旧「ユリイカ」の詩人たちといえども、けっして「荒地」等の詩人たちと断絶していたわけではない。むしろ、「詩の自立」という一点に関するかぎり、彼らはシュルレアリストであり、四季派的抒情詩の継承者である以上に、戦後的決意の正統な継承者だったのだということができる。少なくとも、戦後的決意を感覚的な表現の自由によってすりかえることは、もはやできないのだ。

同じことは六〇年代の詩人たちについてもいえるだろう。そして今日的シュルレアリスムの問題も、詩語の深化の問題も戦後的決意の延長線上に正しくおくことによって、はじめてその意味あいが明らかになってくるという気がする。

仲間の一人、わだひろし氏の処女詩集『四男坊の唄』について何かかくつもりであったが、余計な雑文をかいてしまったかもしれない。

ぼくがいわんとするところは、だいたいわかってもらえるのではないかと思う。つまり詩をかくという行為は、それ自体が何らかの人間的な決意の産物なのだ。ぼくらの詩作行為もどこかで、あの戦後詩人の苛烈な決意と交わるものでなければならない。

少なくともその方向へむけて努力しなければならない。そんなことを何となく、思いめぐらせている昨今である。

＊後日の私信によると「左の肩ごしに新月をみる」のは、幸運を祈る西洋の故事だそうである。

(ii) 雑感として

「詩の自立」とはいうまでもなく「思想の自立」ということであろう。しかし「詩」は必ずしも「思想」ではないし「思想」もけっして「詩」そのものではない。どちらかといえば両者は水と油のように相容れないものではないかと思われる。「詩」はますます「詩」をめざし「思想」はますます「思想」をめざすということである。そしてぼくが「詩」をかこうとするのも「詩」が「思想」ではない何ものかであることを信じているからにほかならない。

「詩」は、つねに「思想」そのものを夢みているといっていいだろう。文学的なオプティミズムには「思想」の絶望が本質的につきまとうものである。そのような絶望の伴わないオプティミズムは、真に創造的な表現行為とは無縁というべきだろう。「詩」は、「思想」の暗闇から遠くあまがけようとしながら、つねにそのほうへ牽引されているのである。この微妙な均衡が「詩」の力学というものであって、「詩」がもつアクティヴィティ、それに生命というものもこのへんに関係があると推察される。

このことは、一人の詩人の成長過程を観察してみるとよくわかるだろう。たとえば『森川義信詩集』を開いてみると、よく知られた作品「勾配」の占める位置がこの詩人における「思想」であり、まさに「詩の自立」なのだ。この作品が、友人鮎川信夫に少なからぬ衝撃を与えたということは、それが作品的な完成度をこえて、すぐれて同時代的な思想の表現になっていたからだと思われる。

　また、十国修詩集『みえかくれするひと』（詩研究社）について考えてみると、十国修における「かなもじ」による詩の表現行為が、まさしく詩人の「思想」であることが理解される。三分冊構成の詩集の散文篇で、詩人は「ああ　麗しい距離《デスタンス》……捜り打つ夜半の最弱音《ピアニッシモ》」という吉田一穂の詩の一行をとりあげてから、こうのべている。

「詩のコトバでは、イミの重層性がどこの国でも重んじられる。しかし、それはここにあげたような悲惨な重層性ではないはずだ。重層性をもつ詩がつよい詩的衝撃力をもつためには、まず透明で堅い単層の存在が前提である。こうした日本独特のカンジの〈絵文字〉的な使用をなかだちにして、外国語とのブキッシュで、中途半端な混合がうんだ重層性は、ぼくらの思考力や感情そのものまで、不透明でふにゃふにゃで、ムード的なものにタイハイさせ、無力化させてきていはしないか？　どんな外来思想も、日本では既存のものとの対決をへずに、輸入併列されるという、日本の歴史がしめす思考力のよわさ、それに関連して天皇制を中心にしたある種の文化的ヒエラルキーと、それにともなう無気力な事大主義のながい存続など――ひとくちにいって、文化の民族的な主体性の未確立ということは、こうした独自のモジ体系とふかい関係があるのではないか？」

　つまり十国修は、日本独特のモジ体系のもたらす日本人の感受性の構造をこそ告発し、断罪しようとしているのである。このことは十国修という詩人の人間的な魅力や、その詩作品の平明さということとは別に、ぼくらの現実の人間存在の核心にまっすぐつきささってくるのである。にもかかわらず十国修の不幸は、詩人にとっての「思想」である「かなもじ」の問題が、現在の日本語および日本人の経験の現場で、けっして「思想」の次元で把握されない、あるいはされそうにないのではないかということにあるだろう。

すぐれた思想というものは、いつの時代にあっても非現実的なものである。しかしそれにしても「かなもじ」による詩表現に、もしぼくが全面的に追随できないとすれば、それはそこにいわば詩人の「思想」が「詩」の力学といったものを捨象してしまって「詩」以前の表記法の問題とすりかえられる陥穽を思うからである。「かなもじ」の表現能力の限界については、詩人自身率直に認めていることではあるが……。詩人の苦渋はこれからもつづくにちがいない……。

当然のことながら、ぼくらの苦渋もつづくだろう。ことに戦後詩が開拓してきた方向は、理論的な検証なくしては不可能な世界である。もはや「詩」が「思想」を、あるいは「思想」が「詩」を恋しているといった状態ではなくて、複雑にからみあった確執がみられる。その余りにも人間的な確執がお互いに敵を生み、いがみあうという事態を生じているのだ。現代詩にとっての危機感は、こうした理論家たちの相互不信にも根があるからだといっても過言ではない。

しかし、そんなことはもはやどうでもよい。常識的なことをいくらいっても不毛なのだ。常識的な言動は、せいぜい保守派のネズミの餌になるくらいである。あらゆる常識を否定することから「詩」をめざさなければならない、とぼくは思う。

そうはいっても、現象面の瑣事に足をすくわれてはならない。ぼくらの希望も絶望も「詩」が本来きわめて個人的な出来事だというところにあるのだから。森川義信の幸運を羨んでも仕方がないが、十国修の不幸に立ちすくんでもいられない。何だか自己弁明じみてきたけれども、ぼくにとっての「詩の自立」が、容易でないことだけはたしかである。

(iii) 屋根裏のかなたへ

思想の内実を支えるものは文体である。文体はまた、言葉の経験の表現にほかならないから、ここから言葉と思想、文体と経験という関係が何とはなく大写しになる。ぼくが言葉の暗闇で泡食っているのも、いわばぼく自身の文体をさがしあぐねているということになるだろう。

よく吉本隆明の批評はすばらしいけれども、詩はだめだという人がいるが、吉本隆明の批評を支えているものは、たとえば『転位のための十篇』のなかにみられるつぎのような詩なのである。

まるい空がきれいに澄んでいる
鳥が散弾のようにぼくらの方へ落下し
いく粒かの不安にかわる
ぼくは拒絶された思想となって
この澄んだ空をかき擾そう

——「その秋のために」

ここに田村隆一、あるいはその他の「荒地」の詩人のだれかの一行をかいまみるのは勝手である。しかし、時代の状況に対する感受性の共通性は感受できても、詩の原形質性を疑われるような文体(経験)のひ弱さは、恐らくどこにもないだろう。「マチウ書試論」から「言語にとって……」およびそれ以後におよぶ詩人の言葉(思想)のはげしさは、その詩のはげしさなのだというふうにとらえられなければ、ぼくらはほんとうの「詩」を見失うことになるだろう。

†

一時代、ぼくはなぜ「屋根裏」という言葉にとらえられたのだろうか。古い雑誌「理想」(理想社)のドストエフスキー特集を読んでいたら、内村剛介らとの対談で、秋山駿という人物がこうのべているのに出会った。

「われわれは、ドストエフスキーの小説を読んだときに、その屋根裏部屋みたいなものを、最も純粋なものを獲得できるような気がするわけですね。ラスコーリニコフのあの簡単な部屋でいいと思います。つまりあそこのところで、僕はみじめな人間だけれども、この世の中はどこか狂っている、秤が狂っていると思う。で一方でお金を持っているババアみたいな人間を抹殺する。他方二人とか三人を、おふくろや妹を含めて助けてやることができる。神様に代わって世の中の地ならしをするわけですね。そういう場面を考えることを可能にするということが、ラスコーリニコフのあの部屋だと思うんですね」

かなり乱暴ないい方だが、人は「世の中はどこか狂っている」という思いにとらわれるとき、自らの屋根裏部屋を必要とするということかもしれない。ぼくもまた、人並みにドストエフスキーを読んだことがあるというほどには、ぼくの「屋根裏」を必要としたということだろうか。薄暗い屋根裏の独房を設定することによってぼくもまた、一ケの神様を演じていたのだろうか。

といっても、言葉は思想であるというのと同じように、また暴力でもある。ゴシップ記事の暴力から「ぼくが真実を口にすると　ほとんど全世界を凍らせるだろう」といったたぐいの暴力まで、言葉はひとたび個人的な暗闇の外へでると、社会的な意志伝達用具としての公的な記号性を失い、私的な傷つきやすいドグマとして屹立することがある。何らかの言葉による表現行為というものは、そのような言葉の傷つきやすさに気づき、逆に意志伝達用具としての言葉の社会的な意味を拒絶することからはじまっているはずだ。現代詩が、感情の直接的な表現といった詩からはるかに遠いところにいるというのも、そのような詩人一人一人の総合意志の結果なのであって、饒舌な詩とか、難解な詩とかいったいい方は、恐らくことの表面しかみない明盲の言というべきだろう。

ぼくらの人生は、けっしてそんなにわかりやすいものではない。うすっぺらな詩に比べたら言葉はいくら紛糾してもいいと思う。それと言語構造物として詩が本質的にもっている沈黙ということとは恐らく別問題なのだ。

いくら言葉が空間を埋めたところで、ついに宇宙的な沈黙をおおいつくすことは不可能だ。表現が一見、饒舌になるか寡黙になるかということは、けっして沈黙の質ではない。もっと別なもの、その人間を一行の詩に向かわせる経験の形とでもいうべきものだとぼくは思う（そうでも考えなければ、やりきれない）。そしてまたしても文体が問題になる。

ぼくが「屋根裏」という言葉にとらえられたのも、ぼく自身の自己の経験性において必然的なものだったということだ。しかし、もしかしたら言葉の暴力（このばあいは情報量としての暴力だが）から本能的に自己防禦を講じて逃げたということだったのか。

そこでぼくがのぞきみたものは、ぼく自身の経験の構造とでもいうべきものであって、具体的にはぼくが生れ育った四国の一農村の風土であり、何だか曖昧模糊としてさめやらぬ若年の悲哀といったものである。これらに対してぼくは絶対的な沈黙を選ぶべきなのだ。

一行の詩と向きあおうとするとき、言葉によって、いやおうなくそれらぼくがたどってきた過去の事象と向きあうことになる。それはカタルシスとはほど遠いが、にもかかわらず一行の詩にめんめんとするのは、ぼくがみた夢が悪すぎたからである。「屋根裏」とは、悪い夢と向きあって、じっと耐えているぎりぎりの場ということになるだろうか。

いまぼくは、およそ「屋根裏」らしからぬ武蔵野の外れにいる。窓の向うに冬枯れのクヌギ林がみえ、空は深く澄んで、周囲は以前いた副都心に近い中野の一隅とは比較にならない環境である。自分はとうとうこんなところまで来てしまったのだという気がするのだ。まるで時間の隙間からさまよいでた亡霊のように……。では、ぼくはもう「屋根裏」の妄想にとらえられることがないだろうか？　全く自信がない。なぜなら、言葉の暗闇で泡食っているという思いに変りがないからだ。恐らくこれからもぼくは、言葉というよりも言葉以前の悪い夢の廃墟をノラ犬のようにうろつくだろう、と思う。

(ⅳ)　魂の羽化

山下さんにはじめて会ったのはいつだったたか、覚えていない。「詩研究」への参加がぼくと前後していること、年齢がほぼ同じであることをあとで知った。人には大雑把にいって二つのタイプがあって、一つはどこまでも生れた土地から逃れていこうとする人、もう一つはそこにとどまりつづける人である。ぼくは山下さんの生活というものを「詩研究」参加以前はもとより、以後も全くしらないのだが、もしこういういい方が許されるなら、山下さんは後者に属する人ではないだろうかと。

山下さんの詩には、どこか「鬼無《きなし》」というふしぎに伝説的な美しい地名をもった土地の妖しい透明さがある。幼少時、ぼくもまたその頃のガキの多くと同じように、自分の生れた村の外へでることはほとんどなかったのだが、「鬼無」という地名は、そこに親類がいるという一人の同級生の口から何度か耳にしたのだった。そこには瀬戸内海を見下ろす小高い山の斜面一面に果樹園があり、景色のいいところだということだった。そして後年、大学へ入った頃、ぼくはスケッチブック片手に夏のある日でかけていって、それが本当であることを確かめる機会をもったのだが、その頃山下さんはどこで何をしていたのだろう。もしかしたら山道のどこかですれちがっていたかもしれない……。

先日、十国さんの出版記念会にでかけていったとき、広大な栗林公園のなかで会場をさがしあぐねていたぼくに声をかけてくれたのが山下さんだった。それは、いかにも山のなかなどで道に迷っているとき、ちょっと土地の人に話しかけられたといったふうで、恐らくそのときもぼくは、あの遠い日にうろついたときと同じように、どこか意気消沈していたに相違ない。

ところで、とどまる人と出かけていく人というういい方は、とうぜん一面であって、とどまりながら出かけていく人、出かけているようで実際は一歩も出かけていない人もいるわけだ。そしてまたランボーをもちだすまでもなく、出かけていったままついにかえらなかった魂もあるわけだが、山下さんの今度の詩集『最後の晩餐』の冒頭を飾っている作品は、彼もまたその精神の構造において、己れをついに鎮魂しえないかなしみの裔としての「逃亡者」であることを示している。

みずがれしそうな河が
ひとすじ非生産的な村をながれていた
月のかくれる夜がやってくると
このやせこけた河のどてを通って
だれかが秋のかにのように
おのれの影をうしなってどこかに
でかけていくのであった

――「逃亡者」

最初の二行は、香川県という無数の溜池をかかえこんだ風土を表現して余りあるといってもいい。そして「おのれの影をうしなってどこか」に逃亡していったのは、けっして詩人の肉体ではなく、詩人のかなしみであって、このかなしみは「鬼無」という美しい土地を原点として、きらめき波うつ風のように広がっていく。

ただふいているだけなのでしょうか
海よりよじのぼってくる胎生動物のふ化の儀式の上で
べにいろのなじめそうもない帰化植物の
おいしげるくさむらの上で
あかねいろにもえるふるさとの森のしげみの上で

かぜのなかにあえてけしきをきずいているのは
仮性現象の群落なのです
かぜのなかにたたずむとうめいな風土がくずれてゆきます
そんなときわたしのまださだまらないとおい涯への
思い出がよみがえります
そして波うちぎわにうちあげられ
海のしずくのかわきをおそれる
あのやわらかい生物の生理のように

かぜのうずのなかでいのちをふるわせているだけなのです
衝動の谷間にはこびこまれたわたしの原始
かぜはそのときわたしの卵巣から
おびただしい花粉をまきちらしていったのです

――（中略）――
かぜは一枚の樹の葉をかすかにゆるがす速度で
わたしの濃度をうすめてゆくのです
かぜがまいもどってくるたびに
戸口にたたずむあなたへの遺書がとどけられるはずです

やはりかぜはただふいているだけなのです

――「風の構造」

詩は（小説でも絵画でもそうであろうが）結局は、自己表現にほかならない。いかに贅を凝らし奇をてらってみても、その人間の経験の構造そのものが、一片の言葉や一行の詩によって超絶されるということはありえないのだ。ランボーもブルトンも、けっして例外ではないだろう。ランボーがヴァアイヤンたらんとしてみたものは、ヨーロッパのはての未知でも何でもなく、まさにランボーが生きたヨーロッパそのものであり、「また見つかった／何が？／永遠が……」という表現は、そのまま逆照射してランボーの人生の構造そのものを明示していると思うのだ。

少々わき道にそれたけれども、ぼくには『最後の晩餐』中、この「風の構造」という作品が、最もよく山下弥瑞生という詩人を語っているように思われてならない。ここには、かの「おのれの影をうしなってどこかへ」逃亡していった詩人の感情がきわめて構造的に表現されているような気がするのだ。山下さんにいわせれば、それは全て「仮性現象の群落」なのかもしれない。けれども詩人は「かぜのうずのなかで」確かに「いのちをふるわせて」おり、詩人の「卵巣から／おびただしい花粉」となってまきちらされた生の諸相は、さまざまな「風土の残像」のなかでちょうど羽化する蝶のように、変貌をつづけている。

詩人は羽化することによってかなしみの「濃度をうすめてゆくので」ある。こうして「まださだまらないとおい涯への／思い出がよみがえり」「たましいの風葬がにおいもださずにもえている」風土に「かぜがまいもどってくるたびに」「戸口にたたずむあなたへの遺書がとどけられるはず」なのだが、この「あなた」は、逃亡していったかなしみの側から「戸口にたたずむ」詩人に向けて発せられた「あなた」と考えられる。

そうして詩人は「遺書」の内実については明かさない。ただ「かぜはただふいているだけなのです」とつきはなすことによって、孤独な羽化を完了させようとしているかのようにみえる。しかし、ここに詩人への「遺書」は読みとれないのだろうか？　けっしてそうではないというのがぼくの感想であり、この詩集に収められた詩篇のすべてが、どこからともなく詩人にとどけられることによって、言葉に定着されざるを得なかった一束の遺書のように思われてならない。であるから詩人は、その言葉のかなしみの広がりのなかで見たことどもについて、つまりは「奇怪なエルメ」について、「葦毛の馬」について、「禁じられた遊び」の「少年」について、「癌状の樹肉のかたまりとなった」「化樹」について、さらにはある種の疲労を秘めて「はとをかうとめやん」について、切々と語らずにはいられないのである。

「あのはしかのように、詩を通して自分にのめりこむ青春の時期はもう過ぎてしまった」と山下さんは「あとがき」でかいている。そして「でも、ぼくは、ちがった位置で、詩を通して自分のながれのなかにおぼれてゆくのを意識している」とつけ加えている。これは、山下さんの人柄を語るものではあっても「詩」が山下さんのいうように「ちがった位置」に移されたということではないだろう。

　人は一冊の詩集をもつことによって、何度か「ちがった位置」をめざすものだが、けっきょくは「はしかのように」詩をかいた「青春」の経験的な変奏にほかならないということだろうか。

山下さんにこれからもとどけられる「遺書」のむれは、どういう美しい言葉を獲得していくのだろうか。

屋根裏の片隅から

リルケがランボーをどの程度しっていたか、ぼくはしらない。「詩は感情ではなくて本当は経験なのだ」とかいた『マルテの手記』のなかには、ランボーが家出をしてパリで生活していたころに、ドラエーに宛てた手紙の一節と、実によく似ているところがある。

「近頃、僕が仕事をするのは夜だ。真夜中から朝の五時まで。先月いた、ムッシュー・ル・プランス通りの部屋は、サン・ルイ高等学校の庭に面していた狭い窓の下に、亭々たる大木が何本かあった。午前三時、蠟燭の光が蒼ざめる。鳥という鳥が一斉に樹間で囀る。おしまいだ。仕事なんか手につかぬ。あさぼらけの得もいわれぬ時に魅せられて、僕はただもう木々や空に眺め入る他なかった。ひっそりと静まり返っている学校の寮舎を見ていた。すると、早くも、大通りの方で、荷車のがらがらとよく響く快い音。——僕は金槌形パイプをくゆらし、屋根に唾を吐く、というのは、僕の部屋は屋根裏部屋だったから。五時に、パンを買いに降りて行く、いつもそうだ。労働者たちが至る所ぞろぞろ歩いている。僕にとっては、酒屋で酔払う時刻だ。帰って来て飯を食い、七時に寝る。太陽が屋根瓦の下から、わらじ虫を這い出させる頃だ。夏のあけぼの、そして十二月の夕、これこそ僕の心を捉えてやまないものなんだ。だが、今は、底知れないといっても三メートル四方の内庭に面したきれいな部屋にいる。――ヴィクトル・クーザン通りは、ソルボンヌ広場に突当ってその角にカフェ『ライン河下流』があり、逆の方に行くと、スフロ通りと交わる。――ここでは、夜通し水を飲み、朝など見もしなければ、眠りもしない。僕は息がつまりそうだ。以上」（中村徳泰訳）

ここには、まぎれもなくもう一人のマルテ・ラウリッツ・ブリッゲがいる。マルテと同様ランボーもまだこのころは無名の一詩人にすぎない。パリという大都市が、詩人の感受性にどのように作用し、それを培養するかといったことが何となく羨望の念とともに推測される。それはまた「今世紀の詩のうめき声は屁理屈《ソフィスム》にすぎない」と喝破し、作品のほかには何も残さないで姿を消した、奇怪な詩人イジドール・デュカスが住んでいた町でもある。何もかも湿地に吸いつくされるようで、何かしら腐臭のたちこめたこの風土とはちがって、そこは石と煉瓦の町だ。個我の経験が歴史と拮抗しあう風土……。そして森有正という一人の日本人が敗戦後、船で出発し、近づくにつれて何かしら不安の念におそわれないではいられなかった町……。

ランボーのすさまじさは、マルテと比較することによっても理解できる。「私は一人の他者だ」ということは、ランボーという一人の早熟な詩人の経験の構造であって、マルテが長年月を経てたどりついた結論「詩は感情ではなくて本当は経験なのだ」といった認識を、数年間で通過する恐るべき方法意識の産物だったのだということができる。

現代詩なるものにはじめて接した頃、ぼくはその世界の魅力に強くひかれながらも一方でその表現の難解さ、とくに「荒地」等にみられる技巧的な難解さになかなかついていけなかった。しかしいまにして何となくわかることは結局、詩の表現、それも現代詩といわれるべき一群の詩人たちの詩表現の難解さは、現代そのものがもっている経験の複雑さ・難解さにほぼ過不足なく見合ったものなのだということである。

今日、「私は一人の他者だ」などという詩人はいないけれども、こうした認識は現代ではある普遍性をもって理解されるのだ。つまり、今日の詩が病癖のようにかかえこんでいる難解さは、彼らのそうした現代への対応の結果であるべきだ。そして、詩にもし意味というものを求めるならば（意味のない表現行為など考えられない）、表現された作品の難解さそのものにこそ、意味を求めなければならないだろう。

日本語の構造上の問題、日本語の漢字による表現につきまとうあいまいさ、不明確さということも、また十分考慮されなければならない。ぼくが所属している詩誌「詩研究」の十国修氏も、このことは明確に何度も説いていることだが、それにしてもぼくらの表現行為が、ともすれば漢語の多用による安易なイメージの増幅行為に堕する危険性がたえずつきまとっていることも確かなのだ。といって、日本語という不明確、非論理的言語を使用する日本人であることを不運がっていても仕方がない。ぼくらの経験がこうした不運に蝕まれているということは当然いえるのだ。そしてぼくらの詩表現そのものが、どこかで日本語の不幸をそのまま踏襲していないとはけっしていいきれないのもまた事実なのだ。……

この大都会東京は、ぼくにとってどういう作用を及ぼしているのだろうか？　情報の氾濫やクルマ社会の汚染、公害、そして政治の悪などから日夜脅威を受けながら、しだいにうっ屈し自閉症になっていくぼく……。どんなに負の感情を加速しても、ついに美しい一行は発見できないかもしれない。恐らく全ての詩人は、ランボーのつぎのような一行をめざして悪戦苦闘しているに違いないのだ……。

J'ai embrassé l'aube d'été.

僕は夏のあけぼのに接吻した（寺田透 訳）

寒蟬鳴尽

「しかし、ぼくの辿るべき道が、そういう曲折を経て行くべきものならば、誰に向かって不平をいうことがあろうか?」(森有正)

　久しくぼくは、こういう言葉の影響化にあった。人と友誼を深める楽しみよりも、己れじしんの闇に沈湎して呻吟しているという構図だ。多かれ少なかれ、そこには独善と自己嫌悪と、そして若干の感傷があった。ぼくがこれまで書きちらしてきたものの全てが、そのような〈私〉の葛藤の所産であるわけだが、それでけっこう慰められてきたのかもしれない。たとえばこんなぐあいに……。

　――詩の自立は、ことばの難解さをつきぬけたところでひらけるだろう。このばあい難解さとは、恐らく作詩主体の感受性の問題であって、生活もしくは思考といったものの直接的な反映ではないかもしれない。思考は感受性の導火線であり、表現はその点火行為だ。

とうぜん、ここでは生活現場での経験が問われる。ということは、経験と表現の相関を主体的に生きるということだ。

——若さがもつ饒舌とは、若さがもつ経験の饒舌でもある。若さがもつ表現の難解さもそのような饒舌の一面かもしれない。

ことばはぼくにとってけっして近しいものではなかった。たしかに少年時に、担任教師が近代詩の愛好者であったとか、文集のようなものを生徒に作らせて楽しむといったかわった趣味的雰囲気があったかもしれない。家のなかにもそれほど文学書があったわけではなかった。

いまふりかえってみると、戦後教育の空白に投げだされたかれら若い教師らの成算のない俠気が、ことば以前の怒りや哀しみとして渦まいていたという感じが強い。そして、ぼくもまたかれらのそうした舌足らずな俠気を人並に継承したのかもしれない。

——詩が批評になるためには、安易なイメージをこえなければならない。イメージをこえるとは、絶えざる意識の覚醒を促すような不協和音のごときものだ。

それはけっして、シュルレアリスティックな言葉の流産であってはならないだろう。もっと生命ある何かだ。

ことば——もしくは〈生〉に対する飢え。

イメージを構築しながら破壊していくこと。

あるいはイメージの構築ではなくて、破壊することによって、そこに何かのイメージがあったような錯覚を生ぜしめること。

イメージの残影、もしくは虚像としての詩。


一九七三・一・十三。母岩社へ。《劇中劇》の初校がでたので来社せよとのこと。帰途トンカツを食べながら、社主・緑川氏と語る。頭のきりかえが必要なのだ。詩に関わればかかわるほど闇は深まる。この矛盾。

一・十五。十和田湖へ旅。

むかし一度かいて破棄した〈白図〉という作品のことを考える。


どこかで暴力が行われている。

ぼくの頭脳のなかの暴力もそれに電波のように反応する。

暴力的空間の暴力的「生」。

中央に対する地方。

暴力の中心へ。

暴力をつきぬけること。内部の暴力……ポエジー。

そのときぼくは、多少酔っていたかもしれない。緑川氏と飲むと必ずあいまいな気分になる。論理の糸をあやつるでなく、感情にのめりこむでなく、どうでもいいという気持になってくる。氏の若年時の〈詩〉をみせてもらうと、これほどの〈詩〉をかきながら、なぜつづけなかったのか、という思いとともに、何かわけのわからない恐怖におそわれる。

その帰途。すでに十一時をすぎていたのだが、タクシーを拾って、そのなかに原稿と初校ゲラを忘れたのだ。同夜はいささか狼狽したが、あとで考えると、むしろ何もかも失くしてしまったほうがよかったのだという気もする。

翌日。控えゲラで校正。夕方、タクシーの運転手から紛失物保管の連絡が母岩社へとどく。H町のガソリン・スタンドへ預けておくとのこと。翌朝、スタンドへいってぶじ回収。

帰省。三週間暮す。

十国氏の出版祝賀会へ出席。いささか悪びれる。詩を朗読。

衣更着信氏にはじめて会う。温厚篤実といった印象。

「共同墓地」という作品を考える。

自転車で外へでると、すぐ墓地が目につく。それらのイメージを連作にしたいのである。

東京の悪意を忘れて、心は清々しい。

「詩研究」の古いのをＮｏ15〜50まで、若干欠本があるが、十国氏にもらって帰る。さまざまな詩人たち。ぼくの未知の若者たち。「詩研究」という一つの共通の場で二十年以上にわたってくりひろげられた魂の修羅場。……

ぼくは何に対しても責任をもつ必要はないが、少なくともぼくじしんに対してだけは責任を放棄しないつもりだ。

〈死〉のイメージがつきまとう。

同窓生たちの風聞、あるともなしとも測りがたし。郷里の風景は変貌しながら、古い傷痕をだいている。それがぼくを悲しませる。


詩であれ詩論であれ、良いものを良いと判断する能力のない連中が、いくら低次元の雑論をはじめても何にもならない。

詩は何よりも明晰でなければならない。直観的な確かさがなければならない。詩語の深化は、つまりは表現の直観性をいうのかもしれない。

シュルレアリスムは、明晰さそのものである。

「言文一致」ということは、論理的な明晰さへの意志と無縁ではない。戦後の新かなづかいも、また戦後デモクラシーの産物というほどの明晰さと無縁ではない。

漢字の制限、略字化もまたそのような必然性の産物なのである。なぜ詩をかくか、といわれれば、ぼくは何か奇蹟を信じたいからだとでもいおうか。それは、自己解放の欲求と紙一重のところで癒着したものである。

両家が画布に奇蹟を探求するように、詩人は言葉のなかに奇蹟を求めるのである。

十一月九日。夜六時半～九時。新宿オリンピック６Ｆで『劇中劇』のささやかな出版祝賀会。参加者十七名。清水、宮本、大串ら、大学時代の友人集まる。旧交を温め、深夜におよぶ。人みな善意あり。

翌日、単身房総の海辺へ。

思想というものは、哲学書のなかだけにあるわけではない。思想とはその人の経験の内実である。思想としての「ことば」を屹立させるためには、人は己れの経験をくりかえし経めぐるのだ。

ランボーが「見者」たらんとして究極的には追憶の詩人だった（寺田透）ということも、そのへんのことをよく説明していないだろうか。

生活の上に詩をおこうが詩の上に生活をおこうが、現実に絶望していることは同じだ。前者は対自的な現実に、後者は対他的現実に……。

詩には現実を喚起する力とでもいうべきものがなければならないと思う。詩に表現された言葉の饒舌も、恐らくそういった可能性の開示ということと無縁ではないはずだ。いくら饒舌になってもけっして満たされない領域というものがある。表現をいくらつきすすめたところで、この世界の宇宙の沈黙を充たすわけにはいかないだろう。一行の詩がそれと拮抗しあうためには、そのような沈黙を背負った表現の深さがなければならない。

むかし一時、断食寮で過ごしたぼくを襲った悲憤は何だったのか。ぼくはじぶんの無言に慣れるにつれて失語的状態に陥り、もう二度と現実の生活にもどれないような気持ちになった。その空虚を救ったものが、つまりことばの饒舌にほかならなかった。単語を少しずつ紙に記すことによって、ぼくは現実のほうへにじりよっていったのだ。現在のぼくの饒舌も放心も、そのような努力の日々の名残りかもしれない。

夜中に目がさめる。詩についての断片的な想念が脳裡をめぐる。夢うつつで論を追っているのだ。「思想とは文体である」とか「饒舌とは詩の自立と密接な関係があったはずだ」とか、云々。……

寒い朝。

何に耐えているのか?

どこかでだれかも何かに耐えているだろう。亡霊のような人生。

一九七四・一・五

『経験の政治学』R・D・レイン。

人間のなかに政治があるかぎり、詩にも政治がつきまとうのは当然かもしれない。この政治の前で沈黙してはならない。

冬、日の入る部屋。転居。窓の向きは南西。ときに富士がのぞめる。何となく詩がかけそうでかけない部屋。これがおれの現在だ。

こんなふうにじぶんをかりたててきたつもりはないのだが、という後悔の思い。しかし後悔にかられたらもうおしまいだ。

一行の詩のために生活を捨象してきたのはほんとうだ。しかしいくら捨象してもしきれるものではない。いずれ復讐されること必定である。追憶にがんじがらめだ。

たとえば女房の蔵書である『石川淳全集』。このなかの「月報」を読んでいると、現代詩の悩みごと（?）なぞ何でもないことのように思われてくるからふしぎだ。ことばの何のといったところで所詮、文学になっていなければ話にならない、ということ。

同じく、詩はポエジーよりもポエティクでありたいなどといっても、一つの線をこえないのでは意味がない。ポエティクも、またポエジーの分身であるというほどに……。

（対象の形姿をこえて抽象へ至らないことにはほんとうの絵ではない。つまり色に語らせるのだ。描かれたリアリスティックな対象にではなく、そこにかぶせられた色に語らせることこそ、絵画というものかもしれない。絵はぼくにとってついに超えられない一つの障害でもある、といえるのだ。

ぼくが言葉に絵画性をもちこむのも、絵において果せない思いの変奏なのである。絵のなかにおのれが求めるものは何だろう？

そこに描かれたものを何よりも信じるということ。何やらわけがわからないなりに、というよりも、何やらわけがわからないがために、見る者の想像力を刺激してくれるような何ものか――対象のなかに自己を迷い入らせるということ。迷い入らせることによって実存的な不安にめざめさせられるということ。そのような不安をかきたてるような絵こそが、ぼくにとって、それは優れた絵だということになる。とすれば、ぼくの絵は、そのような不安の表現でなければならないのに、何というふがいなさ。

ぼくの詩もまたそのような不安の表現以外ではなかった）

どんなふうに逃げても、血の不幸はきわめて土俗的につきまとう。思想というものは人間の教養ではない、というほどに、本来それは土俗的な側面をもっている。

土俗、怨念といった風潮が、社会風俗以上に同時代的共感をよぶのも、それが書斎のものではなく、きわめて土着的、皮膚感覚的なものだからだ。

思想は、同時代のある言葉の共有をめざす営為かもしれない（むろん、先駆的、反時代的思想というものもある）。

暗い魂を揺さぶるような言葉に向かって（！）

書きかけになっている作品がある。テーマに憑かれて言葉が見当らない状態。どうしてかきっかけがない。むかし、学生時代、女の子と交際するきっかけがないといって嘆いた記憶に似ている。何か、一つのきっかけがあれば、という思いはいつもぼくじしんのものだ。それは「愛」でも「永遠」でも「空」でも何でもいいのだが……。それを一つの言葉におきかえること。おきかえられた一片の言葉が突破口になって、ぼくを詩にかきたててくれるのだが。

K駅まで自転車でいく。広大な敷地の病院がやたらに目につく。

少なくとも二十年ぐらい前には、かくあったかもしれないという風景。舗装路にそって整然と並んだ欅の並木。遠く過ぎ去った時間がそれらにからみついている感じ。

ぼくはもしかしたら、それらの風景にうちのめされていたのだろうか。うちのめされたぼくは、時間の隙間から迷いでた行方不明者の相貌をしていたことだろう。ぼくの悲哀は、いまだにぼくがどこか行方不明だということだ。

行方不明者の眼に入るものは、現実の影の部分。鏡の裏側。いわば陰画の世界だ。それはある意味で、生きながらにして死んでいる世界でもある。ぼくの彷徨が死後譚に牽引されるのも故なしとしない。

EXIT（非常口）。現実と非現実の接点。

昨年来、読みすてていたランボーの『書簡集』を再び読みはじめる。たとえばこういうセンテンスにぶつかると、ランボーの激しさにぼくは自失せんばかりだ。

Mais il s'agit de faire l'âme monstrueuse.

ランボーをかりたてたものが何であったかよくわからないが、酷薄な環境に対する嫌悪とか、未知の土地へのあこがれといった想いがすぐ浮かぶ。もしそれだけなら、その程度の精神はこの風土にもゴマンといるだろう。ただ異なるのは、ランボーが自分を詩人として主体的にきたえたということ。*Je* est un autre. ということも、そのようなはげしい意志の産物だ。むろんランボーの Dualisme は、彼の母親に対する憎悪によるものだが、人はだれもじぶんの母親に対する侮蔑は、自己否定の視点につながるものだ。それを言葉によって実現するか否か、というところにランボーとぼくら凡愚な精神との決定的な違いがあるのかもしれない。

じぶんもまた、たしかにランボーのような、あるいはそれに近い激越な感情を、ランボーを全くしらない日々にもったことがあったような気がする、といってもそれはつまらない思いこみかもしれない。けれどもじぶんはそれに耐えられなかったのだという思いは、妙な失墜の感覚と通底してもいる。かれは孤独の渦中で知覚したことどもについて、ほとんど無知である。孤独に耐えられない人間は詩人ではない。そして今日的孤独とは、日常的言語と切断した崖っぷちで、生の裸のままの言葉の現場に自己を立たしめ、耐えることにほかならない。

ランボーもまた、生の裸の言葉を求めてさまよったのだ。

いつも、ぼくはじぶんに耐えられなくなって放心していた。隣りにだれがいたのかもわからず……。

こんなことがあった。とある街角でちょうど雪がちらついていたが、ガード上を走る電車を見ながら、その風景が全く未知のそれであるような喪失感に見舞われているのだった……。

ぼくはいつもぼくじしんにうちのめされていた。結婚してからも、あいかわらずそんな記憶に襲われることがあるのは、一行の詩の発見が、そのままそのような記憶の断片と地下水のようにつながっているということかもしれない。

Il cherche son âme, il l'inspecte, il la tente, l'apprend.

ランボーの詩を経験の構造だというういい方には問題がないわけではない。しかしいまランボーを多少なりともじぶんに引きつけて理解できるということは、ランボーの詩にランボーの人生を読みとること以外ではない。ランボーの詩が彼の言語才能の産物である以上に、彼の人生の経験の産物だということに想到することにほかならないのだ。

言葉もまた経験である。それは思想が言葉であるという以上に自明のことだ。言葉が表現され、それが力をもち説得力をもつということは、そこに表現された言葉のなかに、経験のもつ時間が生きているということだ。

経験的に言葉を把握するのでなければ、ついにその言葉は死ぬだろう。詩語の深化ということも、言葉を経験の時間構造のなかで主体的に生きぬくときにはじめて可能なのだ。いたずらな饒舌は、この点、多くの非難をあびてしかるべきだと思う。

饒舌と難解は自ずから別問題だ。難解さとは言葉が経験的に、二重、三重の回路をへめぐって表現に至るばあいの、表現主体（詩人）の感受性のかたちといえる。しかし饒舌もまた難解さの一側面というほどには必然性のないことではない。

とはいうものの、詩において、言葉はけっして経験的に用いられるとは限らない。むしろ言葉によって、経験が補足されるというべきなのだ。詩の可能性とは、それが人間の日常的な経験以上の何ものかたりうるということでもある。認識とは言葉であるというほどに、言葉に比重がかかることになる。

西脇順三郎が経験を破壊するというのも、詩が経験そのものではなく、そこからはみだす部分によって、より鮮明な生命をもつということの、ごく素朴な言挙げなのだということができるだろう。

ランボーの激しさ。人生と言葉の拮抗。一つの言葉を求めて、詩人は彷徨する。安易な書斎詩人では困るのである。


人に会っても問題は解決しない。人に会うことの恐怖。引っかかれた爪跡のような小体験。ぼくは人に会わないことに徹しようとしている。

電話のむこうの人間。ぼくがこういう思いに閉ざされている日々に、ぼくとは無関係な世界で、その幸福な日々を生きている人間。

「きみは執着が強すぎる」という非難に対して、ぼくはどう答えればいいのだろう？　ぼくはその非難をむしろ光栄とするのだ。なぜなら、ここにはもっと根源的な受苦があることを、ぼくはしっている。そんなふうにとられるかぎり、ぼくにはまだ希望がある。

一つの障壁があって、その片側で彷徨している男。反対側へいけないわけではないのに、あえてそうしている男。同情の余地はないが、考慮の余地はある。


小野十三郎『詩論+続詩論+想像力』。

この詩人は、日本語が示す「詩人」という言葉のもつ内実の低俗さに腹を立てている。

詩の自立をめざす苦しみ。


T病院へ。A医師に会いにいく。

緑色の庭園の一隅。改造された病棟。

古い建物の裏口には、こわれた机や動かない柱時計がおいてある。針は四時十分で止まっている。この時計が止まったときも、この病棟にはぼくのような人間が亡者然として何人も、いや何十人も何百人もたむろしていたはずだ。恐らくはもっと大きな絶望的な思いをだいて……。そのものたちはどこへいってしまったのか？　古い、薄暗い階段。そこここにかれら亡霊たちの気配がただよっているのだが……。しかしぼくは、ほとんど心を動かされない。ひどく疲れているという感じだ。人間のなかにいることに、だれよりも深く。

……そしてこの病棟のものたち以上に。……かれらはもしかしたら、いま最も充実した時間を生きているのかもしれない。……

（某日……）

夜行で信州へ。小淵沢で車中仮眠、夜が白む。夜行の乗客は春山登山の装備をした若者たちでほとんど占められている。いつかも四人のパーティの一人として、ぼくはこんなふうに何かに追われるように思い屈して、俗塵をしばし後にしようとしていたことがあった。そのとき一人の老人がぼくらのシートに割りこんできて物議をかもしたりしたのだが、いまその老人はほかならぬぼくである。別に座席に割りこんだわけではないが、ぼくの身なりはシートや通路、そこら一面をわがもの顔に占領したかれら若者たちのかっこうの関心の的だったろう。それが証拠に、何度もぼくのほうを胡散くさそうに眺めているかれらの視線にであったのだ。あの遠い日、登山の装備をした若者は大勢の乗客のなかでぼくらだけだった……。窓外に白む山野のふしぎな変貌を追いながら、ぼくは例によって放心していた。そこが旅の途次でありながら、どうでもいいような感じがするのだ。追いつめられたわけではないだろうに……。

一九七六。ある《アンケート》から。

一、現代詩はずいぶん盛んですが、その将来についてどう思われますか。
(答) よくわかりません。「亜流の時代に生きるのは堪えがたい」(パウル・クレー)

二、形式について、何らかの定型を導入することがプラスになるというようにお考えになりませんか。
(答) 問われているのは魂のかたちであって、詩の形式ではないと思います。

三、散文詩への傾向が加わってまいりましたが、これらについてどうお考えですか。
(答) 散文詩そのものが、とくに目新しい動向とは思いません。個人的な経験としていえば、散文詩も行分け詩もさほど区別はないと思います。詩人と言葉との関わり方が、散文詩形を必要としているか、行分け詩形を必要としているか、といった程度のことになるでしょうか。

四、内容の面で「現実」を超えるといった傾向が次第に加わりつつありますが、「現実」をどういう風にとらえるのがよいとお考えですか。
(答) よくわかりません。ただフランス語にとってのシュルレアリスムと、日本語にとっての土俗といったことが、学者詩人の趣味であったり、怨念詩人の偏執であったりしてはならないわけで、両者の本質的な類似性（あるいは決定的な相違）といったことの検証が問題になるようにも思います。

五、その他。

（答）モノイエバ　クチビルサムシ　アキノカゼ　ハセオ

佃 学 全作品

第一巻

2018年5月30日　印刷
2018年6月 5日　発行

著者　佃《つくだ》　学《まなぶ》

発行人　大槻慎二
発行所　株式会社 田畑書店
〒102-0074　東京都千代田区九段南 3-2-2　森ビル5階
tel 03-6272-5718　fax 03-3261-2263
印刷・製本　中央精版印刷株式会社

Printed in Japan
ISBN978-4-8038-0349-5 C0392
定価はカバーに表示してあります
落丁・乱丁本はお取り替えいたします